河出文庫

古典新訳コレクション

伊勢物語

川上弘美 訳

河出書房新社

目次

伊勢物語

一段

男がいた。
元服したばかりの男だった。
かつてみやこがあった奈良の、春日（かすが）のさとには、男の領地があった。
春日へと、男は狩りにでかけた。
さびれたそのさとには、姉妹が住んでいた。
姉妹を、男はかいま見たのだ。
こんなすたれた土地に、なんと初々しくまたみずみずしい姉妹だったことだろう。
男の心は、騒いだ。
着ていた狩衣（かりぎぬ）の裾（すそ）を、男は切りとった。
衣は、しのぶずりの紋様（もんよう）のもの。
歌をそえ、すぐさま姉妹におくった。

　春日野（かすがの）の若紫のすり衣しのぶの乱れかぎり知られず

紫草はここ春日の野に萌(も)えいで
あなたがたもまたここにいらっしゃる
しのぶずりの乱れ模様のように
わたくしの心もひどくかき乱されているのです

男のおこないの、なんとおもむきあることか。
しのぶずりには、かつてこんな歌もあったことを、男はふまえているのである。

陸奥(みちのく)のしのぶもぢずり誰(たれ)ゆゑに乱れそめにし我ならなくに
わたくしの心が
陸奥のしのぶもじずり模様と同じように乱れはじめたのは
誰のせいでもない
あなたゆえのこと

打てばひびくような、激しくもまた雅(みや)びやかな男のおこない、こんなことが、むかしはあったのだ。

二段

男がいた。

奈良のみやこはすでになく、けれど次の京のみやこは、まだつくりあがっていなかったころのことである。

京の西の、人家もまばらなあたりに、女が住んでいた。みめもうるわしかったが、心ばえはさらにすぐれていた。独り身ではないらしかったが、男は情をかわしたのだ。三月(やよい)のはじめ、おりから雨がしとしと降っていた。しみじみと過ごし、帰りきて、男は何を思ったのだろう。男は女に、こんな歌をおくったのだった。

起きもせず寝(ね)もせで夜(よる)を明かしては春のものとてながめ暮らしつ
　起きるでもなく
　ねむるでもなく

夜は明けてゆく
春の長雨がふっている
わたくしはただ見ている

三段

男がいた。
好きな女に、ひじき藻と、歌をおくった。

思ひあらば葎の宿に寝もしなむひじきものには袖をしつつも
わたくしを思ってくださるのなら
葎のしげる荒れた家でいい
共寝いたしましょう
ひきものしきものは
衣の袖だけでじゅうぶんではありませんか

二条の后（きさき）が、まだ入内（じゅだい）していないじぶん、普通の身分だったころのことである。

四段

京の五条、皇太后の住む館の西がわに、女が住んでいた。
高貴な身分の女ゆえ、男は本当はかかわりたくはなかったのだ。
けれど、深く、情がわいてしまった。
男は、通いたずねた。
ところが、正月（むつき）十日ごろ、女は姿を消してしまった。
どこにいるのかは、わかっていた。
男には、もう手のとどかないところだった。
つらかった。
うつうつと、男は女を思った。
翌年の正月のこと。
男は女の去った家へ行ってみた。
梅がよく咲いていた。

立ってみ、座ってみ、つくづくと見まわした。
去年とは、すっかりさまがわりしていた。
がらんとした部屋で、男は泣いた。
月がかたぶくまで、男は板敷きの間にふせっていた。

月やあらぬ春や昔の春ならぬわが身一つはもとの身にして

月も
春も
なにもかもすべて
わたくし以外は
かわりはててしまった
わたくしだけがここに

男は詠んだ。
夜がほのぼのと明けていった。
泣きながら、泣きながら、男は帰っていったのだった。

五段

男がいた。

京の五条のあたりへ、人目をしのんで通っていた。

ひめた通い路（じ）ゆえ、門からではなく、こどものやぶった塀の崩れから出入りしたのだ。

たびかさなるおとずれに、家のあるじがいつからか男に気づいた。

夜ごと、見張りがたてられた。

男は、女に逢（あ）うことがかなわなくなった。


　人知れぬわが通ひ路（ぢ）の関守（せきもり）はよひよひごとにうちも寝（ね）ななむ

　　人知れずわたくしが通う
　　その通い路にたつ関守よ
　　どうか夜ごと夜ごと
　　寝入ってくれればいいものを

男が詠んだので、女はひどく心をいためた。

あるじも気持ちをうごかされ、男を許した。

この話は、のちに二条の后となる女のもとへ、男がしのんでゆくことが噂になり、女の兄たちが見張りをたてた、という逸話がもととなっているとされる。

六段

男がいた。

手のとどかない女を、長いあいだくどいていた。

ある日、男は女を盗みだした。

暗い道を、男は女をおぶって走った。

芥川という川をわたったところで、女が訊いた。

「あれは、なあに」

草のうえにおりている露を、女はゆびさしたのだ。

夜は、すっかりふけていた。
行く先は、遠かった。
雷が、はげしく鳴りひびきはじめた。
どしゃぶりの雨も、ふってきた。
すぐそばにがらんとした蔵があったので、男は女を押し入れた。
そこが、鬼のあらわれるところとも知らずに。
弓矢を負(お)い、男は戸口にたった。
夜よ疾(と)く明けておくれ。男は祈った。

「あ」
女が声をあげた。
女は、ひとくちに、鬼に喰(く)われたのである。
けれど雷鳴にけされ、男はそのことに気づかなかった。
夜が明けた。
すでに、女はいなかった。
足をふみしめ、男は泣きに泣いた。

白玉か何ぞと人の問ひし時露とこたへて消えなましものを
あれはなあに
真珠なのかしら
あのひとがそう訊ねたとき
ちがうよあれは露だよ
そうこたえ
わたくしも露といっしょに消えていれば

これは、二条の后が従姉妹の女御に仕えていたころ、美しさのあまり盗みだされた、その泣き声を兄の堀河の大臣（藤原基経）と太郎国経大納言が聞きつけ取り返したという逸話を、鬼のしわざと言いつたえたものとされる。まだ后が入内する前の話である。

七段

男がいた。

みやこに住むことがつらくなり、東国にむかった。
伊勢と尾張のくにざかいの海辺に、波はましろにたっていた。

いとどしく過ぎゆくかたの恋しきにうらやましくもかへる波かな

　みやこで過ごしたあのとしつき
すでに過ぎてしまったあのとしつき
この潟の浦にたつ波が
寄せてはまた帰ってゆく
わたくしはもう
帰ることはできないけれど

男はそう詠んだのだった。

八段

男がいた。

みやこに住むことがつらくなった。
東国に、居場所をもとめようとした。
一人、二人の友と、旅だった。
旅の途上、信濃の国（今の長野県）、浅間に煙がたつのを見て、詠んだ。

信濃なる浅間の嶽に立つ煙をちこち人の見やはとがめぬ

信濃、浅間の深い山に
煙がたっている
遠くから見ているひと
近くから見ているひと
誰もが
なんと不思議な光景かと
思わずにいられようか

九段

男がいた。
みずからを、つまらぬものと思いなした。
みやこにはもう住むまい、東国に居場所をさがそう。
そう思い、むかしからの一人、二人の友と共に旅だった。
道案内はいない。
迷い迷い歩き、三河（今の愛知県東部）の八橋まで来た。
まるで蜘蛛の手足のように、流れる水が八方にわかれている。
この流れに八つの橋を渡したのが、八橋の名の由来なのである。
沢のほとりの木陰におりて、乾し飯を食べた。
かきつばたが、うつくしく咲いている。
中の一人が、
「かきつばたを折句にして、旅の心を詠んでみてくれはしないか」
と言うので、男は詠んだ。

唐衣着つつなれにしつましあればはるばるきぬる旅をしぞ思ふ

かさねた衣を

着なれるように、なれ親しんだ妻がわたくしにはいる
　妻と離れ
　はるばるきて
　旅のこと妻のことを思うのだ

歌をきき、友たちは乾し飯のうえに涙をこぼした。

ゆきゆきて、次にたどりついたのは駿河(するが)の国（今の静岡県の中央部）だった。

宇津谷(うつのや)峠で、この先の道の暗さと細さを思った。

蔦(つた)や楓(かえで)が生(お)い茂り、なんと心ぼそいことだろう。

いったいこれからどんな目にあうのか。

心ふたがれる。

そこへ修行僧があらわれ、

「こんなところに、なぜ」ときく。

よく見れば、見知った者である。

みやこの、あのかたのもとへと、文をたくすことにした。

駿河なる宇津の山辺（やまべ）のうつつにも夢にも人にあはぬなりけり

駿河の国
宇津の山までやってまいりました
それなのに
うつつにも夢にも
あなたに逢（あ）うことは
ないのです

五月（さつき）の末なのに、富士山には雪がましろに降りつもっている。

時知らぬ山は富士の嶺（ね）いつとてか鹿（か）の子（こ）まだらに雪の降るらむ

富士とは
まったく時を知らぬ山ではないか
鹿の子まだらに雪はつもる
今はいつだと
富士は思っているのやら

みやこでたとえるなら、比叡山を二十ほども重ねたような。

かたちは、浜辺の塩の山のような。

富士山は、そんなふうだったのだ。

さらにゆきゆきて、武蔵の国（今の東京都・埼玉県と神奈川県の一部）と下総の国（今の千葉県北部と茨城県南部）の間の大河にいたった。

これを隅田川という。

河のほとりにみなで座り、みやこに思いをはせた。

ああ、なんと遠くまできてしまったことか。

「日が暮れる。早く舟に乗れ」

渡し守が言う。

わびしい。

あのひとはみやこにいらっしゃるのだ。

白い鳥が水にうかんでいる。

くちばしと脚が赤い。

鴫ほどの大きさか。

魚をついばんでいる。

みやこにはいない鳥、渡し守に聞くと、

「ああ、これは都鳥(みやこどり)」

と。


名にし負(お)はばいざこと問(と)はむ都鳥(みやこどり)わが思ふ人はありやなしやと

おまえが都という名ならば
鳥よ
答えておくれ
わたくしの思いびとは
みやこで今
生きていらっしゃるのか
それともまた

舟に乗った者たちはみな、泣いてしまったのだった。

十段

男がいた。

武蔵の国まで、さまよい歩いてきた。

さてもその国で、男は女に言い寄ったのだ。

女の父親は、ほかの者とめあわせようとしていたが、母親の方が、身分の高いこの男とめあわせたがっていた。

父親はふつうの身分だったが、母親は藤原氏の出だったのだ。

入間の郡、三芳野のさと（今の埼玉県坂戸市あたりか）に、母娘は住んでいた。

母親は、男に歌を詠んでよこした。


　三芳野のたのむの雁もひたぶるに君が方にぞよると鳴くなる

　三芳野の田に引板（鳥を払うための鳴子）がひびく
　田の面にいる雁は
　まっしぐらにとびたつ

あたくしの娘もまた
ひたすらあなたさまへと
心をよせて泣いているのです

男は、返した。

わが方(かた)によると鳴くなる三芳野(みよしの)のたのむの雁をいつか忘れむ
わたくしに心をよせているという
三芳野の田の面(おもて)の雁を
忘れることはありましょうか
忘れるはずはありましょうか

遠くここまできてもなお、男の数寄(すき)ぶりは、やむことがないのだった。

十一段

男がいた。
東国へ、旅だった。
男は友たちへ、旅のたよりをよこした。

忘るなよほどは雲居(くもゐ)になりぬとも空ゆく月のめぐりあふまで

忘れないで
雲のかなたへ離れてしまっても
空をめぐる月が
また還(かえ)ってくるように
きっとまた
めぐりあえるはずだから

十二段

男がいた。

むすめと駆け落ちした。

武蔵(むさし)の国へたどりついたが、追手がかかり、男は国の守(かみ)にとらえられた。

男は、むすめを草むらに隠したのである。

追手が草に火を放とうとしたので、むすめは困(こう)じはて、

武蔵野は今日(けふ)はな焼きそ若草のつまもこもれり我(われ)もこもれり

今日だけは
武蔵野の草に
火を放たないでください
この若草に
夫(つま)も
あたくしも

　隠れているのです

と、詠んだ。

そのため、追手は歌を聞きつけ、むすめももろともに捕らえてしまったという次第なのだった。

十三段

男がいた。

武蔵(むさし)の国に住んでいた。

みやこにいる女のもとへ、

「わたくしの噂(うわさ)がそちらにきこえていれば恥ずかしいけれど、
何もつたわっていないと、また苦しいのです」

と書いた。

文のうわがきには、「武蔵鐙(むさしあぶみ)」（武蔵鐙とは、武蔵の国で製作される馬の鐙のこと。もともと男がいたみやこの鐙ではなく、男の行く先である武蔵特有の鐙、というほどの意味だろうか）とあった。
そののち、男からの音沙汰は、とだえた。
女はみやこより文をおくった。

武蔵鐙さすがにかけて頼むには問はぬもつらし問ふもうるさし
　武蔵鐙
それはつまり
武蔵の女と暮らしているということなのですか
あたくしはあなただけが頼り
あなたが知らぬふりをしているのもつらいけれど
武蔵鐙などということを
言ってこられても
またどうしていいかわからなくなってしまうのです

男は文を読んで、たまらない心地になった。

問へば言ふ問はねば恨む武蔵鐙かかるをりにや人は死ぬらむ

何か言えばこんなふうに応え
言わなければ恨む
わたくしはどうすればいいのだ
こういう時に
人はどうしようもなくて
死んでしまうものなのかもしれません

十四段

男がいた。
陸奥（東北地方）にたどりついた。
みやこの男がめずらしいからだろうか。
土地の女が男に恋ごころをいだいてしまった。
女は、詠んだ。

なかなかに恋に死なずは桑子にぞなるべかりける玉の緒ばかり

恋のために死ぬくらいなら
蚕になりたい
たとえ命は短くとも
蚕のめおとは
仲むつまじい

あかぬけない歌であったが、それゆえにこそ男はあわれに思い、女のもとへいって寝た。

けれど、夜中のうちに、男は帰ってしまった。

女はまた詠んだ。

夜も明けばきつにはめなでくたかけのまだきに鳴きてせなをやりつる

夜が明けたら
くたかけ（鶏のやつめ）を
きつ（水桶）に沈めてやる

明ける前に鳴くから
あのひとが帰ってしまったのよ

男はひとこと、「みやこに帰りますので」と言い、

栗原(くりはら)のあねはの松の人ならば都のつとにいざと言はましを

栗原のあねはの松が
もしも人だったなら
みやこのみやげに
連れ帰りますとも
けれどあなたは
あねはの松と同じく
この地を離れられない
なんと残念なことでしょうね

と詠んだ。

「まあ、あたしのことを思ってくれているのね」
女は、そう受けとって、喜んでいたそうな。

十五段

男がいた。
陸奥(みちのく)の国にいるときに、人妻のもとへ通っていた。
人妻の夫は、何のとりえもない男だった。
こんな夫につかえるべき女ではないのにと、男はふしぎに思った。

信夫山(しのぶやま)しのびて通ふ道もがな人の心の奥も見るべく
陸奥に信夫山があるように
わたくしにも人目をしのんで通う道があれば
そうすればあなたが心の奥に隠している宝を
見ることができるのに

女はたいそう嬉(うれ)しくおもった。
でも、あたくしのいなかくさい心の奥など。
そうへりくだって、返事もださなかったという。

十六段

紀有常(きのありつね)は、三代(みよ)の帝(みかど)に仕え、はぶりもよかった。
けれど時はうつり、暮らしは人並み以下になってしまった。
純真で、品がよく、みやびなことを好み、俗なところがまったくない。
貧しくなっても、むかしのまま、日々の暮らしには疎(うと)かった。
長い歳月つれそった妻は、次第に床を別々にするようになっていった。
ついには尼になり、少し前にやはり尼になった姉のところへゆくことになった。
どうしても、というほど、有常は妻に執着があったわけではない。
それでも、去る姿を見ればいとしく思う。
なのに、貧しさのため、何もしてやれない。
どうしたらよいのだろう。

有常は、男に文を書いた。

「このような事情で、いよいよ妻は去ってゆきます。それなのに、何もできない。何ひとつ」

そして、その最後に、

手を折(を)りてあひ見しことをかぞふれば十(とを)といひつつ四つは経(へ)にけり

指を折って
歳月をかぞえてみれば
十までかぞえることを
四回もくりかえす
そんなに長いあいだを
妻と過ごしてきたのに

男はこれを見て、あわれに思ったのだ。

衣装と、そして夜具までを、送ってよこした。

年だにも十とて四つは経にけるをいくたび君を頼み来ぬらむ

　四十年
　それだけのあいだ
　共にいたのなら
　君の妻は
　数えきれないくらいたくさん
　君を頼りに思っただろうよ

男がこう詠んだので、有常はうれしさのあまり、詠んだ。

これやこのあまの羽衣むべしこそ君が御衣とたてまつりけれ

　妻にくださったこの尼のころも
　あなたが着ていらしたのなら
　これはもう
　天の羽衣そのもの

そのうえ、さらに詠んだのだ。

秋や来る露やまがふと思ふまであるは涙の降るにぞありける

秋がきたのでしょうか
袖がほら
こんなに露にぬれています
いいえ
あなたのなさけに
うれし涙がながれているのです

十七段

男がいた。
何年も、女のもとへ訪ねてこなかった。
けれど桜が咲くころ、突然男は女のところへやって来たのだった。
女は、詠んだ。

あだなりと名にこそ立てれ桜花年にまれなる人も待ちけり
桜はうつろいやすいもの
そしてあたくしの心も
なのにようやく訪ねてきたあなたを
うつろわず待っていたのですよ

男は、歌を返した。

今日来ずは明日は雪とぞ降りなまし消えずはありとも花と見ましや
今日わたくしが来なかったなら
明日この桜は
雪のように散ってしまうだろう
あなたの心だとて
同じこと
花びらが地に残っていても

それはもう桜ではないのです

十八段

女がいた。
半可通（はんかつう）な女で、近くに住む男を試そうとしたのだ。
色のうつろっている菊の花をたおり、男へおくった。

紅（くれなゐ）ににほふはいづら白雪（しらゆき）の枝もとををに降るかとも見ゆ

白菊（しらぎく）は
闌（た）けると
紅に色づくといいます
けれどあなたのもつ菊のどこに
紅は色づいているのかしら
ただ白い雪が枝もたわわに積もっているだけのような菊の枝
あなたのお心も

同じようにしらじらと冷えているのかしら

男は試されていることを知らぬふりで、返歌を詠んだ。

紅ににほふが上(うへ)の白菊(しらぎく)は折りける人の袖(そで)かとも見ゆ

紅に色づいているところを
白雪におおわれてしまった白い菊とはまあ
菊をたおったあなたの袖の襲(かさね)こそ
しらじらとしているのではありませんか

十九段

男がいた。
情をかわす女がいた。
男が仕えている女御(にょうご)のところの女房のなかでも、位の高い女だった。
やがて二人の仲はとだえる。

それでも、共に仕えていることは変わらない。

女の方は男の姿を追うのに、男の方は目にもとめない。

女は、詠んだ。

天雲（あまぐも）のよそにも人のなりゆくかさすがに目には見ゆるものから
　雲は流れ去る
あなたも行ってしまうのでしょうか
けれど
あなたの姿は今もみえる
あたくしの目にははっきりと

男は、返す。

天雲のよそにのみして経（ふ）ることはわがゐる山の風はやみなり
　雲のように去ると
あなたはおっしゃる

でもあなたのいらっしゃる山は
嵐
疾く吹く風が
わたくしを寄せつけない

男がそう詠んだのは、噂があったからだ。
女には、ほかに男がいるのだと。

二十段

男がいた。
女に、言い寄った。
大和の国に住む女である。
ちぎりを結び、通った。
男は宮仕えをする者だったので、しばらくするとみやこへ帰った。
三月だったが、楓の若芽が、まるで紅葉しているように赤く美しかった。

たおって、女のもとへ送った。

君がため手折れる枝は春ながらかくこそ秋のもみぢしにけれ
あなたに紅葉を手折りました。
春なのに
こんなに紅くそまっています
まるでわたくしの心のように

そう歌をそえると、男がみやこに着いたあとに返歌がきた。

いつの間にうつろふ色のつきぬらむ君が里には春なかるらし
いつの間に楓は
うつろってこんな色になってしまったの
あなたの住むさとには
春がこないのでしょうか
秋ばかりなのでしょうか

あたくしにもあきてしまって

二十一段

男と女がいた。
たいそう深く愛しあっていた。
よそに心をうつすことなど、ありえなかった。
ところが、どうしたことだろう、あるとき、女の心に隙間ができてしまったのだ。
女は、こんな歌をつくった。

出(い)でて往(い)なば心かるしと言ひやせむ世のありさまを人は知らねば

もしもあなたのもとを
去ってしまったなら
だれもがあたくしを
かるはずみだと言うのでしょうね
ほんとうのことなど

何も知らず

歌を書きつけ、女は出ていってしまった。
男は、悩んだ。
嫌われるわけなど、何も思いあたらなかった。
なぜなのだろうと、涙をこぼした。
外に出て、あちらこちらを見まわした。
けれど、いったいどこを捜せばいいのかも、わからなかった。
家にもどり、詠んだ。

思ふかひなき世なりけり年月(としつき)をあだに契(ちぎ)りて我や住まひし
　あんなにいとしかったのに
　こわれてしまった
　とわに愛はつづくと思っていたのに
　少なくともわたくしは
　信じていたのに

ものおもいに沈んでしまった男は、さらに詠んだ。

人はいさ思ひやすらむ玉かづら面影(おもかげ)にのみいとど見えつつ

あなたはどうなのか
わたくしはあなたの幻を
いま
ありありと見ている
でもあなたはいったい

時が長くたった。

女の方から——男のその後の沈黙に、こらえきれなくなったのだろうか——歌が詠まれてきた。

今はとて忘るる草の種をだに人の心にまかせずもがな

いよいよお別れの時がきても

あなたの心に
人に人を忘れさせてしまうという
忘れ草の種だけは
まきたくないのです

男は、返した。

忘れ草植う(ぐさう)とだに聞くものならば思ひけりとは知りもしなまし
あなたこそ
わたくしを忘れるために
ご自分の心に忘れ草の種をまいていてくれれば
だってそれならば
わたくしを忘れたいということでしょう
せめて
忘れたいという思いくらいは抱いてくれているという

そんなやりとりを経て、二人はまた、以前よりさらに深い仲になった。

男が、

忘るらむと思ふ心のうたがひにありしよりけにものぞ悲しき

まさか
あなたはまた
わたくしを忘れてしまうのではないでしょうね
いちど抱いた疑いの心は
もう決して消えることはなくて
何かあれば
すぐにわたくしを悲しみの底につきおとすのです

と詠めば、女はこう返すのだった。

中空に立ちゐる雲のあともなく身のはかなくもなりにけるかな

雲は中空にあり

またすぐに消えてゆく
あたくしもまた
はかなく
消えゆくものだったのですね

一度はこのように復縁した二人だったけれど、そののち、それぞれ別の相手を得て、結局は別れてしまったのだという。

二十二段

男と女がいた。
あまり高まらないままに、別れてしまった。
それでも、忘れられなかったのだろうか、女の方から、こんなことを言ってきたのだ。

憂(う)きながら人をばえしも忘れねばかつ恨みつつなほぞ恋(こひ)しき

あなたはすこし
ひどいひと
でも忘れられないひと
きらい
と思おうとしても
やっぱり好き

「ほほう」
と、男は思い、詠んだ。

あひ見ては心ひとつをかはしまの水の流れて絶えじとぞ思ふ

たとえば
川の水が中の島に塞(せ)かれて
二つに分かれてしまうこと
そんなことがあったとしても
一度ちぎった仲ならば

　必ずふたたび会うことだろう
　わたくしたちだとて
　同じなのではないでしょうか

そんな遠回しな歌を詠んではみたけれど、男は急に女に逢いたくなったのだ。
その夜、男は女のもとへ行った。
しみじみとこれまでのことやこれからのことを語り、

秋の夜(よ)の千夜(ちよ)を一夜(ひとよ)になずらへて八千夜(やちよ)し寝(ね)ばやあく時のあらむ
　秋の夜長
　千の夜を一夜とかぞえ
　そうやって八千の夜を重ねたとしたら
　あなたと過ごす夜に倦(う)む時が
　やってくるのでしょうか

と詠んだ。

女は、返した。

秋の夜(よ)の千夜(ちよ)を一夜(ひとよ)になせりともことば残りてとりや鳴きなむ

秋の夜長
その千の夜を一夜とかぞえても
この語らいが
尽きることはなく
鶏はすぐに暁を告げることでしょう

こんなことがあって、それから男は以前よりずっと情ふかく女のもとへ通うようになったのである。

二十三段

地方ぐらしの官吏たちのこどもがいた。
おさないころは、いつも井戸のまわりで遊んだものだった。

やがて大人の男女へと育つうちに、互いを意識しはじめた。男はこの女を妻に、女はこの男を夫にと、思うようになった。親たちは、違う相手をめあわせようとするが、聞かない。そして、男の方からこんなふうに詠んできたのだ。

筒井つの井筒にかけしまろがたけ過ぎにけらしな妹見ざるまに
　井戸のへり井筒でもって
背丈をくらべあいましたね
あなたに会わないでいるあいだに
わたくしの背丈はもう
井筒を超える高さになってしまいました

女は返した。

くらべこし振分髪も肩すぎぬ君ならずして誰かあぐべき
　肩までのばした振分髪の長さを

くらべあいましたね
あたくしの髪はもう
肩を過ぎるほどのびてしまいました
妻となるために髪をあげるのは
あなたのためでなく誰のためだというのでしょう

そんな歌を詠みかわし、ついに二人は思いをとげ結ばれたのだった。

何年かが過ぎた。

女の親が亡くなった。

女の暮らしむきは不如意(ふにょい)になっていった。

このままもろともに貧しいままでは困ると男は思った。

そのうちに、河内(かわち)の国高安(たかやす)の郡(こおり)(今の大阪府の信貴山(しぎさん)の西麓のあたり)に、新しく通うところができた。

それでも女はいやな顔もしない。

こころよく男を送りだしてやる。

まさか女のほうが浮気をしているのでは。

男は疑った。
河内へ行くふりをして、植えこみに隠れ、こっそり女をうかがった。
女はきちんと身仕舞いをただし化粧もし、ものおもいに沈んでいた。

風吹けば沖(おき)つしら波たつた山夜半(よは)にや君がひとり越(こ)ゆらむ

風がふけば
波はしらじらと立つことでしょう
立つ、ええ、そうよ、龍田山(たつたやま)を
あのひとは
今ごろ一人
越えているところなのかしら

女がそう詠んだのを聞いて、男の中にいとしい気持ちがあふれた。
それからはもう、河内高安へはほとんど行かなくなってしまった。
それでもあるとき、久しぶりに男が高安に行ったおりのことである。
奥ゆかしいと思っていた高安の女の、だらしない姿を見てしまうのだ。

つかえている者の給仕を待つことも我慢できず、自分の手で直接しゃもじを持ち、飯を器に盛りつけているのである。

男は、すっかりいやけがさしてしまった。

男のおとずれがなくなってしまったので、高安の女は、男のいる大和（やまと）の方角を見やり、

君があたり見つつををらむ生駒山（いこまやま）雲な隠しそ雨は降るとも

あのひとのいるあたりを
いつも見ていよう
大和へと続く道にある
生駒山を
雲よ隠すな
たとえ雨が降ろうとも

と詠み、山のかたを眺めくらした。

「大和からのひとが来ると言ってきています」

と聞くたびに、高安の女は喜んだ。

けれど、いつも女はうらぎられつづけた。

君来むといひし夜ごとに過ぎぬれば頼まぬものの恋ひつつぞ経る

　あなたは来ると言った
　でも来ない
　夜はむなしく過ぎる
　恋しいまま
　時をみおくるばかり

高安の女がそんなふうに詠んでも、男は結局もう高安に通うことはなかったのである。

二十四段

男がいた。

片田舎に住んでいた。
宮仕えをするために、共に住んでいた女と別れを惜しみつつ、出発した。
そのまま男は三年帰らなかった。
女は、待ちくたびれた。
そのすえに、誠実に求婚するほかの男があらわれた。
「それでは、今夜、いらしてください」
女が言ったちょうどその日、みやこから男が戻ってきたのだった。
「どうぞ戸をあけてください」
と、男は叩いた。
けれど女はあけなかった。
かわりに歌を詠み、男に渡した。

あらたまの年の三年を待ちわびてただ今宵こそ新枕すれ

三年のあいだ
三年ものあいだ
待ちわびていたのに

あなたは今日帰ってきた
ちょうど今宵
ほかのひとと
ちぎりを交わす約束をしているあたくしのもとへ

男は返した。

梓弓真弓槻弓(あづさゆみまゆみつきゆみ)年を経(へ)てわがせしがごとうるはしみせよ
ここまでの長いあいだ
わたくしはあなたを愛してきました
どうかあなたも
同じように新しいひとを愛してください

そう詠んで男が去ろうとすると、女は、

梓弓引けど引かねど昔より心は君によりにしものを

あなたが
あたくしをずっと愛していたかどうかは
あなたしか知らぬこと
そんなことはどちらでもいい
あたくしはずっと
あなた一人のことだけを

と言ったけれど、男は去っていった。
女は悲しんだ。
男の後を追ったが、追いつけなかった。
清水(しみず)の湧いているところで、女は倒れふした。
指から血をしぼりだし、清水のはたの岩に女は書きつけた。

あひ思はで離(か)れぬる人をとどめかねわが身は今ぞ消えはてぬめる
あたくしの思いは
あなたへ

届かなかった
行ってしまったあなた
もうあたくしは
消えてしまうしか
ないのですね

女はそのまま、息絶えた。

二十五段

男がいた。
逢えるかと思っていたのに、結局逢えなかった女に、歌を詠んでおくった。

秋の野に笹わけし朝の袖よりも逢はで寝る夜ぞひちまさりける

秋の野の
露にぬれた笹をおしわけて帰る朝の

その袖のぬれかたよりも
あなたに逢わずに一人寝る
涙のしみたその夜の袖のほうが
はるかに濃くぬれているのです

女は、恋のこと男とのことを、よくわかっていた。
だから、あえてこんなふうに返した。

みるめなきわが身をうらと知らねばや離(か)れなで海人(あま)の足たゆく来る

あなたとは逢いません
だってあたくしは
海松布(みるめ)（海産の緑藻）の生えない浦とおなじ
いくら海人がかよっても
そこには何も生えていないのです

二十六段

男がいた。
五条のあたりに住んでいた女に恋していたが、得られずにおわった。
苦しんでいるところに、友から文をもらい、なぐさめられた。
返事に、こんな歌を詠んだ。

思ほえず袖にみなとの騒ぐかな唐船(もろこしぶね)の寄りしばかりに
　あなたの文がうれしくて
港に波がみちあふれるように
わたくしの袖にも涙がみちあふれる
その波は
大きな船がおこしたほど高い
もろこしの大きな大きな船が

二十七段

男がいた。

女のもとへ通いはじめたのだが、たった一夜で通いやめてしまった。

手水場（ちょうずば）の盥（たらい）のふたである貫簀（ぬきす）を、女はふと払いのけてのぞきこんだ。

そこには、一人の女の顔がうつっていた。

女は、ひとりごちた。


我（われ）ばかり物思ふ人はまたもあらじと思へば水の下（した）にもありけり

あたくしほど
思いなやんでいる女が
ほかにあろうか
そう思っていたのに
この水の下にいる女は
あたくしよりも

いよいよひどく
なやんでいるよう

通いやめてしまった男は、女のその歌をたまたま立ちぎきしていた。
男は、こんな歌を詠んだ。

水口(みなくち)に我や見ゆらむ蛙(かはづ)さへ水の下にてもろ声(ごゑ)に鳴く
いいえあなたは
盥(たらい)への注ぎぐちに
わたくしの姿を見たのではないのですか
田水の注ぎぐちの下では
蛙(かえる)が声をそろえて鳴いている
わたくしとて同じ
あなたと共に泣いているのです

二十八段

女がいた。
多情な女で、男のもとから出ていってしまった。
男は詠んだ。

などてかくあふごかたみになりにけむ水(みづ)もらさじとむすびしものを

なぜあなたは
去ってしまう
一滴の水も
こぼれぬほどに
かたくかたく
結ばれあっていたはずなのに

二十九段

東宮の女御(にょうご)——すなわち二条の后(きさき)——の御殿で、花の賀(が)のうたげが催された。

男は、うたげに召し加えられた。

そして、詠んだのだった。

花に飽(あ)かぬ嘆きはいつもせしかども今日(けふ)の今宵(こよひ)に似る時はなし

さくらさくら
散ってくれるなと
年ごとおもう
さくらさくら
今宵今年のさくら
いつにもまして
散るなとねがう

三十段

男がいた。
思いをよせた女は、わずかの時しか逢ってくれなかった。
その女に、詠んだ。

逢ふことは玉の緒ばかり思ほえてつらき心の長く見ゆらむ

逢うのは
一瞬
恨みは
永遠

三十一段

男が宮中を歩いていたときのことである。

さる身分の高い女房の部屋の前を通りかかった。
女房と男とは、そのむかしは、深い仲だった。
それなのに、男は女房の前を素通りしたのだ。
「あなた、今はいきおいよく生い茂っているけれど、その末はどうなのかしらね」
女房は、まるで敵にむかってのように、言い放った。
男は、詠んだ。

罪もなき人をうけへば忘れ草おのが上にぞ生ふといふなる
なるほど
わたくしが生い茂る草ならば
そしてその草がのろわれたならば
その草はやがて忘れ草となって
のろったその人に生えることでしょう
やがて
その人もまた
忘れ去られることでしょう

男の歌を聞いて、返された女だけではない、ほかの女までもが男を小面憎(こづらにく)いと思ったということだ。

三十二段

男がいた。
かつて情をかわした女に、何年かたってのちに、歌を詠んでおくった。

いにしへのしづのをだまき繰りかへし昔を今になすよしもがな

いにしえの
倭女(しずお)織り（赤や青の乱れ模様織り）の糸巻きが
くりかえしくりかえし糸を巻くように
いにしえの
わたくしたちの愛を
ふたたびくりかえすことは

　　もうできないのだろうか

男のこの歌を、女はどう思ったのだろう。
それは女自身にしかわからぬことだ。

三十三段

男がいた。
摂津の国、菟原の郡（今の兵庫県芦屋市のあたり）に住む女のもとへ通っていた。
女は思っていたのだ。
こんど男がみやこへ帰っていってしまったなら、もう自分のもとへ二度とは来まいと。
すると、男は詠んだ。

　葦辺より満ちくる潮のいやましに君に心を思ひますかな

　　葦のはえる岸辺へ

潮がだんだんに満ちあふれくるように
わたくしの心にも
いよいよあなたへのおもいが
満ちあふれくるのです

女は、返した。

こもり江に思ふ心をいかでかは舟さす棹のさして知るべき
ひっそりとかくれた
葦のしげる入江のような
あたくしのおもい
そんな秘めたところへと
あなたの舟はとうてい
たどり着くことなどできないのです

ひなびたさとの女の歌のよしあしなど、と、ばかにしたものではない。

どうして、すぐれた返しではないか。

三十四段

男がいた。
ふりむいてくれようとしない女に、歌をおくった。

言へばえに言はねば胸にさわがれて心ひとつに嘆くころかな
　言葉にしようとすれば口ごもる
　心にとどめようとすれば思い乱れる
　わたくしは孤独です
　このおもいを誰にもわかってはもらえないのだから

情けなくもやむにやまれぬ、あわれな男ごころではないか。

三十五段

男がいた。
心ならずも、女と別れた。
その女へ、歌を詠んだ。

玉の緒をあわ緒によりて結べれば絶えての後も逢はむとぞ思ふ

玉をつらねる糸を
あわ緒結びにむすぶごとく
わたくしのたましいは
あなたのたましいにむすばれている
あわ緒結びとは
ほどけがたいむすびよう
別れたあなたと
ふたたび逢えると信じる

わたくしのたましいの祈りが
あわ緒結びにたすけられますように

三十六段

女がいた。

「あたくしを忘れてしまったのね」

と、男に糺(ただ)した。

男は、詠んだ。

谷せばみ峰まで延(は)へる玉かづら絶えむと人にわが思はなくに
谷がたいそう狭いので
玉葛(たまかずら)は峰の上までどこまでも茂りのびてゆくのです
わたくしのおもいだとて
玉葛とおなじ
絶えることなく続いてゆくのですよ

三十七段

男がいた。
多情な女と深い仲になった。
女の心変わりを不安に思い、詠んだ。

我ならで下紐（したひも）解くな朝顔（あさがほ）の夕（ゆふ）かげまたぬ花にはありとも

わたくしではない男に
下紐を解くな
たとえあなたの心が
日暮れさえ待たずうつろいゆく
朝顔と同じものだったとしても

女は、返した。

二人して結びし紐をひとりしてあひ見るまでは解かじとぞ思ふ
　二人で
　結んだ紐ではありませんか
　ふたたび逢うまで
　どうしてあたくし一人で解くなどということが
　ありましょう

三十八段

紀有常を、男は訪ねた。
有常は外出し、あちらこちらを歩きまわっており、遅くまで帰ってこなかった。
有常に、男は詠んだ。

君により思ひならひぬ世の中の人はこれをや恋といふらむ
　きみのおかげで
　ようやくわかったよ

世の人たちは
こうやって待ちかねるきもちを
恋というのだね

有常の、返歌。

ならはねば世の人ごとに何(なに)をかも恋とはいふと問ひし我しも
ぼくはまだ恋を知らないよ
だからみんなに聞いてきた
恋ってなに、と
そのぼくがきみに
恋のなんたるかを
教えようとはね

三十九段

西院の帝（淳和天皇）には、むすめがあり、皇女崇子といった。

皇女崇子が十九の年でお亡くなりになった葬送の夜のことである。

西院の隣に住んでいた男が、葬送を見おくろうと、女車（女が外へゆくときに乗るための牛車のこと）に、女と同乗した。

皇女を悼むあまりか、屋敷はなかなか皇女の柩車を外へ出さない。

涙して見おくろうと待つみなは、なかば見おくりをあきらめようとしているところだった。

色ごのみで知られた源至も、その夜皇女の見おくりに来ていた。

至は、女車に男が同乗しているとは思わず、近づいてきた。

女車にむかい、至は、たわむれに口説きはじめた。

やがて至は蛍をつかまえて、女車の中にはなった。

乗っていた女は、蛍のともす火で、顔が見られてしまうのではないかと恐れた。

男は、女にかわって詠んでやった。

出でて往なば限りなるべみ灯火消ち年経ぬるかと泣く声を聞け
柩はまだ出てこない

けれど出てのち去ってしまったなら
それが皇女崇子さまとの永遠（とわ）のお別れ
あなたも蛍の火など消しておしまいなさい
そして
灯が絶えるようにはかなく消えてしまった
皇女さまの命を惜しんで
泣くひとびとの声をおききなさい

至は、返した。

いとあはれ泣くぞ聞こゆる灯火消ち消ゆるものとも我は知らずな
まことにおいたわしいことです
ひとびとの泣く声もきこえます
けれど蛍の火を消したとしても
皇女の魂までは消えはしません
またわたくしのあなたさまへの

　　想いだとて消えはしないでしょう

色ごのみとして聞こえている至の歌としては、なみのものだろう。

なお、源至は、源順（したごう）の祖父にあたり、亡くなった皇女の血筋の者である。

亡くなった皇女にとっては、源至のこのおこないは、不本意なものであったことだろう。

四十段

若い男がいた。

女に、恋をした。

悪くない女だった。

けれど、男の親はさしでがましくも、おもいがつのることを案じ、女をよそへ追いやろうとした。

とはいえ、まだ手はくだしていなかった。

男は親がかりの身とて、自分のおもいを言いたてる気概がない。

女の方も、身分が低いので、あらがえない。
そうこうしている間に、男のおもいは、いやまさってくる。
親はいそいで女を追い出しにかかった。
男は、涙にかきくれた。
けれど、女を引きとめるすべはない。
とうとう親の命を受けた者が、女をつれさった。
男は、泣きながら詠んだ。

出でて往なば誰か別れのかたからむありしにまさる今日は悲しも

あなたがご自身で
出ていったのなら
別れはこんなにつらくなかった
あなたがここにいて
あなたを得られなかった
そのころの苦しさよりも
ひきさかれたこの苦しさは

くらべようもないもの

詠んだのち、男は気を失った。
親は、あわてた。
我が子によかれと思ってのことだった。
こんな息もたえだえなさまになってしまうとは、思ってもみなかったのだ。
うろたえ、神仏に祈った。
日暮れごろ気を失い、次の日の夜に、ようやく男は息をふきかえした。
昔の若者は、このように一途（いちず）だったのだ。
今どきの、わけ知りの大人は、こんな恋はできないだろう。

四十一段

あねいもうとがいた。
一人は、身分が低く貧しい夫を、もう一人は、身分の高い夫をもっていた。
身分の低い夫をもったほうの女が、年も暮れとなったころ、夫の式服をみずから洗い張りした。

けんめいに手を動かしたけれど、そのような仕事には、まったく慣れていなかった。しまいに、式服の肩の部分をひっぱって破いてしまった。どうすることもできなくて、女は泣くばかりだった。

男は、このことを聞き、あわれに思った。女の夫の官位にあう美しい緑色の式服をさがし、歌をそえておくってやった。

紫の色こき時はめもはるに野なる草木ぞわかれざりける

　紫草が色こく生うころ
　春の野の芽ぶきは
うつくしく紫草とまじりあう
わたくしの妻のはらからであるあなたも
妻へのわたくしの愛のもとに
紫草と春の野の芽ぶきのように
うつくしくつながりあっているのです

「紫の一本ゆゑに武蔵野の草はみながらあはれとぞ見る」（紫草が一本でもあれば、広い武蔵野じゅうすべての草が、なつかしいものに見えてくる）の歌をふまえて詠んだにちがいない。

四十二段

男がいた。
多情な女と知りながら、女と情をかわした。
多情をうらんでもいいのに、男は女をにくまなかった。
男は女のもとへ通いつめた。
それでも、男は女の心がわりを恐れていた。
二日、三日ほど、行けない日があった。
男は、女へ詠んだ。

　出でて来し跡だにいまだ変はらじを誰が通ひ路と今はなるらむ
　　あなたへと通う

わたくしの足あとは
まだ残っていることでしょう
そしてそのまま
誰かの足あとと
重なっていることでしょう

女をうたぐって、男はついこんなふうに詠んだのである。

四十三段

賀陽（かや）の親王（みこ）という親王があった。

親王は、一人の女を寵愛（ちょうあい）していた。

たいそう目をかけ、大事にしていたが、その女に、ある男が色めかしいそぶりを見せた。

すると、またちがう男がその話をききつけた。

男は男で、女と深い仲にあるのは、自分だけだと思っていたのだ。

男は、女に文をやった。ほととぎすの絵を描き、

ほととぎす汝が鳴く里のあまたあればなほうとまれぬ思ふものから
　ほととぎすよ
　あなたには
　飛んでゆく里が
　あまたある
　いとしくも
　うとましいことよ

と詠んだ。
すると女は、男の機嫌をとり、こう詠んだ。

名のみ立つしでの田をさは今朝ぞ鳴く庵あまたとうとまれぬれば
　ほととぎすが
　けさからずっと

ないています
あまたの庵(いおり)へ通うという
噂(うわさ)がたって
うとまれてしまったからかしら

時は五月(さつき)。
男は、返した。

庵多きしでの田をさはなほ頼むわがすむ里に声し絶えずは
ほととぎすよ
おまえがどんなにあまたの庵を
訪れていようと
わたくしのもとで鳴いてくれるのなら
もうそれでじゅうぶん

四十四段

男がいた。

地方へ赴任する友のため、餞別のうたげを開いた。

友のため、自分の妻の侍女に盃をささせ、妻の着ていた装束を脱がせて、はなむけに贈った。

そして、歌を詠んで装束の裳の腰紐に結びつけさせた。


出でて行く君がためにとぬぎつれば我さへもなくなりぬべきかな

旅だつ君に
裳を脱いでおくったよ
だからきっと
わたくしの喪（わざわい）も
脱ぎ去られたことだろう
なんとめでたいこと

送別の歌としては、飄々(ひょうひょう)としたものだから、じっくり吟じたりせず、お腹(なか)の中で味わうがよろしい。

四十五段

男がいた。
その男へ、おもいを告げたく思っているむすめがいた。
大事に育てられたむすめだった。
おもいを口に出すことができず、やがて病をえた。
いまわのきわに、
「こんなにも、おもっていたのです」
と、ようやく口にだしたその言葉を、親がききつけた。
むすめの言葉を、親は泣く泣く男へ告げた。
男は、うろたえてやってきた。
けれど、娘は死んでしまった。

なすこともないまま、男は娘の家で、喪に服して籠もった。
時は、六月のみそか（暦の上では夏から秋へとうつってゆく日）。
まことに暑いころである。
宵に魂鎮めのための管絃をかなではじめ、やがて夜はふけていった。
わずかにすずしい風がふく。
蛍が高くとぶ。
男は、臥したまま、歌をふたつ、詠んだ。

行く蛍雲の上まで往ぬべくは秋風吹くと雁に告げこせ
　空ゆく蛍よ
　雲の上までゆくのなら
　雁につげておくれ
　地上ではもう
　秋風がふきはじめたと

暮れがたき夏の日ぐらしながむればそのこととなくものぞ悲しき

夏の日は暮れがたく
蜩は鳴きつぐ
日ぐらしものおもえば
なんともの悲しいことか

四十六段

男がいた。

心のまっすぐな友をもっていた。

片時も離れず、信頼しあっていたのだけれど、友は他国へ行くこととなった。

さびしい思いのまま、別れた。

月日がたち、友が男に文をよこした。

あれから、驚くほど長い月日がたってしまいました。ぼくのことを、君は忘れてしまったのではないかと、思い悩んでおります。世の中のひとびとは、会わなくなれば忘れてしまうものですから。

そう書いてあったものだから、男は詠んだのだ。

目離(めか)るとも思ほえなくに忘らるる時しなければ面影に立つ

　離れているなどと
　思ったこともありません
　忘れることなどありません
　あなたの面影は
　いつもわたくしの
　ほら目の前に

四十七段

男がいた。
どうにかして、心の底から、逢(あ)いたい女がいた。
けれど女は、男のことを浮気者ときいていた。

ただただ冷淡に、女は詠んだのだった。

大幣(おほぬさ)の引く手あまたになりぬれば思へどえこそ頼まざりけれ

大幣（お祓(はら)いの時にささげ持つもの）のように
大勢の女たちから引く手あまたなひと
あなたを思わないことはないけれど
あてにはしていないの

男は、返した。

大幣と名にこそたてれ流れてもつひに寄る瀬はありといふものを

引く手あまたな大幣も
川に流されれば
流れよる瀬があるというもの
あなたこそが
その瀬なのです

四十八段

男がいた。
旅だつ人へのはなむけの宴をもよおそうと、待っていた。
けれど、その人は来なかった。
男は、詠んだ。

今ぞ知る苦しきものと人待たむ里をば離(か)れず訪(と)ふべかりけり

　今となればわかる
　人を待つことの苦しさが
　訪れを待つ女のさとへは
　もっと訪ねてゆくべきだったものを

四十九段

男がいた。
いもうとに心ひかれ、

うら若みねよげに見ゆる若草を人の結ばむことをしぞ思ふ
若草のようなあなた
草の根の「ね」のように
共「寝」したく思われるあなた
よその男が
共寝することを思うと
くやしくてならぬ

と詠んだ。
いもうとは、返した。

初草(はつくさ)のなどめづらしき言(こと)の葉(は)ぞうらなくものを思ひけるかな
　初々しい草の芽のように
　なんとめずらしいお言葉を
　あたくしはただ
　あにいもうとだと
　素直に思っていましたものを

五十段

男がいた。
うらみごとを言ってくる女を、のろわしく思い、

鳥の子を十(とを)づつ十は重(かさ)ぬとも思はぬ人を思ふものかは
　鳥の卵を
　十個ずつ重ねたものを

さらに十回重ねたとしても
思ってくれないひとを
思うことは
できません

と詠んだ。
すると女は、こう詠んだ。

朝露は消えのこりてもありぬべし誰(たれ)かこの世を頼みはつべき

朝露は消えやすく
たとえ消え残っていても
それよりなおはかない
あなたとの仲です
あてにしてなど
いません

男はまた、返した。

吹く風に去年の桜は散らずともあな頼みがた人の心は

もしかすると
去年の桜が
風に散らずに
残っていることはあるかもしれない
けれど
ひとの心が
うつろわずにいることは
ないのです

女は、また返した。

行く水に数かくよりもはかなきは思はぬ人を思ふなりけり

流れる水に

数を書こうとするはかなさより
もっとはかないのは
おもってくれないひとを
おもうことなのですね

男は、さらに返した。

行く水と過ぐる齢と散る花といづれ待ててふことを聞くらむ

流れゆく水
行きすぎる年月
散る花
待ってくれるものなどない
ひとの心だとて
同じなのです

互いの浮気を言いたてあう男と女。

どうせ、ひそかに別々の相手と遊んでいた時のやりとりに、ちがいない。

五十一段

男がいた。
さる人の邸（やしき）の植えこみに、菊を植えた時に詠んだ歌。

植ゑし植ゑば秋なき時や咲かざらむ花こそ散らめ根さへ枯れめや
　しっかりと植えたのなら
きっと毎年咲くことだろう
まんいち秋が来ないということでもあれば
花が咲かないことはあるだろうけれど
秋のない年などないのだから
そして
花が散ったのちも
根は枯れることがないのだ

五十二段

男がいた。
さる人が、あやめの葉で巻き、五色の糸や花でかざったちまきを、贈ってくれた。
その返事に、男は、

あやめ刈り君は沼にぞまどひける我は野に出でて狩るぞわびしき
あやめを刈るため
あなたは沼に入り
たいへんな思いをしてくださった
狩りをするため
わたくしも野に出て
たいへんな思いをしましたよ

と詠んで、雉を贈ったのだった。

五十三段

男がいた。
逢いがたい女に、逢うことができたのだ。
睦言をかわしているうちに、夜明けをつげる鶏が鳴いた。
男は、詠んだ。

いかでかは鶏の鳴くらむ人知れず思ふ心はまだ夜深きに
なぜ
鶏が鳴いているのだろう
わたくしの忍ぶ心は
こんなに深い
夜だとて同じように
まだまだ深いはずなのに

五十四段

男がいた。
つれない女に、詠んでやった。

行(ゆ)きやらぬ夢路(ゆめぢ)を頼む袂(たもと)には天(あま)つ空(そら)なる露や置くらむ

夢にあなたを見たいのです
けれど
まぼろしのあなたにさえ逢(あ)えず
わたくしの袂は
天よりの露が置かれたごとく
涙でぬれているのです

五十五段

男がいた。
思いをよせる女がいた。
親密なこころもあったのだけれど、やはりどうやら自分のものにはできそうにない。

思はずはありもすらめど言の葉のをりふしごとに頼まるるかな

あなたは
わたくしのことを思わない
けれど
あなたの言葉を
あのときの言葉を
わたくしは今も
おりおりに思いおこし
たよりとしてしまうのです

五十六段

男がいた。
臥(ふ)しては恋しい女のことを思い、起きてはまた、思った。
思いあまり、詠んだ。

わが袖(そで)は草の庵(いほり)にあらねども暮るれば露の宿(やど)りなりけり

わたくしの袖は
草であんだ庵ではないはず
それなのに
日も暮れるころには
まるで露にぬれた草庵(そうあん)のよう
涙でぬれにぬれてしまうのです

五十七段

男がいた。
人知れず、女のことを思い悩んでいた。
女は、つれなかったのだ。
その女に、詠んだ。

恋ひわびぬ海人（あま）の刈る藻（も）に宿（やど）るてふわれから身をもくだきつるかな
わたくしの恋を
どうすればいいのだろう
海人の刈る藻には
ワレカラという小さな海老（えび）がやどるという
乾くにしたがってその体が割れるというワレカラ
わたくしも
我から求めて

この身を砕きほろぼしてしまった

五十八段

男がいた。

色ごのみでもあり、また同時にものごとの理（ことわり）もわきまえた男だった。

長岡（今の京都府長岡京（ながおかきょう）市のあたり）というところに家をつくり住んでいた。

隣には、宮さまの皇女たちがお住まいだった。

仕えているのは、ちょっといい女たち。

田舎（いなか）であるから、男は田の稲刈りを指図する。

女たちは、

「まあ、稲刈りの指図なんて、数寄者（すきしゃ）だこと」

と、皮肉にからかいながら、集まって家の方まで入ってきた。

男は、家の奥に逃げ、女たちから隠れた。

女たちは、

荒れにけりあはれ幾世(いくよ)の宿なれや住みけむ人のおとづれもせぬ
　まあまあ
　荒れはてていること
　このお屋敷は
　幾世つづいていたのかしら
　住んでいただろう人は
　もう返事もしてくれないわ

と言って、ますます集まってきた。
男は、

葎生(むぐらお)ひて荒れたる宿のうれたきはかりにも鬼のすだくなりけり
　たしかに
　葎はおいしげり
　荒れはてているこの屋敷
　かりそめに

鬼たちが
　集まっては
　騒ぐからではないでしょうか

と詠んで、女たちにさしだした。

女たちは勢いにのって、

「かりそめ、ですって。『稲刈り』に、かけたのね。それではあたくしたちは、せっかくだから、あの男の田の落穂を拾おうではありませんか」

と言う。

それで、男はこう詠んだ。

うちわびて落穂ひろふと聞かませば我も田面に行かましものを
あなたたち
落穂を拾うとは
そんなにも日々お困りだったのですか
それがまことだったなら

わたくしも
田にご一緒しましたのにね

五十九段

男がいた。
みやこを離れ、東山に隠れ住もうと思い決めた。

住みわびぬ今はかぎりと山里に身をかくすべき宿求めてむ
もはやみやこは
住みづらく
わが行く末も
長(なご)うなし
山の奥なる
わびずまい
かくれずまいを

もとめんか

こうして男は隠遁(いんとん)した。
やがて男はひどくわずらった。
息もたえだえになった。
ひとびとは男の顔に水をそそいだ。

わが上(うへ)に露ぞ置くなる天(あま)の川門(がはと)わたる舟の櫂(かい)のしづくか

おおわが顔に
露ぞ置く
天の彼(か)の世へ
ゆく舟の
櫂のしずくの
したたりて
わが顔の上(へ)に
置かれしか

こう詠んで、男は息をふきかえしたのだった。

六十段

男がいた。

宮仕えに忙しく、妻にまことを尽くさずにいた。

妻は、よくしてくれる他の男につきしたがって、地方へと去ってしまった。

男は出世して、宇佐（今の大分県にある宇佐八幡宮）への勅使となった。

宇佐へ向かったところ、出ていった元の妻が、宇佐への途上にある国の地方役人のもとにいると知った。

役人は、勅使を接待する役職についていた。

男は、

「ぜひ奥さまみずから盃を手渡していただきたいのです。でなければ、わたくしは接待を受けません」

と言った。

役人の妻となっている男の元の妻は、盃をもち、男にさしだした。男は、肴(さかな)である橘(たちばな)の実を取り、

五月(さつき)待つ花たちばなの香(か)をかげば昔の人の袖の香ぞする

橘は五月に咲きましょう
その香は
むかしなじんだひとの
袖にたきこめた香
なんとなつかしい

と詠んだ。

女は、歌を返すこともせず、むかし夫であった目の前の男とのことを、せつなく思い返した。

女はじきに、尼になり、山に入って暮らしたということだ。

六十一段

男がいた。
筑紫(つくし)（今の北九州地方）まで行った時のことである。
すだれの内の女が、
「この男は、色ごのみだと噂(うわさ)されているのよ」
と、ほかの女に言っているのを聞いた。
男は、詠んだ。

　染川(そめかは)を渡らむ人のいかでかは色になるてふことのなからむ

　染川（筑紫、太宰府(だざいふ)の近くを流れる川）を渡ったからには
　どうして色に染まらずにおられましょう
　もとのわたくしは
　色ごのみなどではありませんものを

女は、返した。

名にし負はばあだにぞあるべきたはれ島波のぬれ衣着るといふなり
染川に染まるとは、まあ
それならば
たわれ島（肥後、今の熊本県宇土市の緑川河口にある岩礁）は
たわむれ心をよび起こすのかしら
ちがうでしょう
たわれ島は波にぬれて
濡れ衣を着ているだけ
そうでしょう

六十二段

女がいた。
何年もの間、夫は女のもとへと訪れてこない。

あさはかなことに、女は人のつまらぬ言葉にのって、都落ちしてしまった。
女は、落ちていった先の屋敷の使用人となる。
そこへ、偶然元の夫がきたのだ。
女は、端女(はしため)として、元の夫の食事の給仕をした。
夜になった。
男は、
「さっきのあの端女を、わたくしのもとへ寄こしてください」
と、主人に言った。
女は、連れてこられた。
男は、
「わたくしのことを、おぼえているでしょうね」
と言い、

いにしへのにほひはいづら桜花こけるからともなりにけるかな
　そのむかし
桜は　あなたは

美しく咲き匂っていた
今は
むざんに
散りきって
残骸となってしまった

と詠んだ。

女はうちひしがれ、声をだすこともできなかった。

「なぜ答えない」

男は言った。

「涙で、目も見えず、ものも言えません」

女は答えた。

すると、男はさらに、

これやこの我にあふみをのがれつつ年月(としつき)経(ふ)れどまさり顔(がほ)なき
わたくしの妻でありながら

逃げたひとよ
年月はたったけれど
そのぶん
いい女になったというわけでは
ないようだね

と詠んだ。

男はそれから、衣を脱いで女に与えてやった。けれど女は、衣を捨て、逃げ去った。女がどこへ去ったかは、わからない。

六十三段

女がいた。

年をかさねても、恋することをあきらめられないのだった。どこかによき男はいないかしら。

そう思っていたけれど、口にだすことは、はばかられた。

女には、三人の息子がいた。

こんな夢を見たのよ。

女は夢のかたちを借りて、恋をのぞんでいることを、息子たちにうったえた。

上の二人の息子はとりあわなかったけれど、三男だけは違った。

「それはよい夢見ですよ。きっといい男があらわれることでしょう」

女は、気をよくする。

三男は思ったのだ。

どうにかして、在原業平（ありわらのなりひら）に母を会わせてやれないかと。

ほかの男では、きっとだめだ。

けれど、業平ならば。

業平が狩りをしているところへ、三男はゆきあう。

三男は業平の馬の手綱（たづな）の口をとり、引きとどめた。

「母のために、どうか」

三男が乞うと、業平は不憫（ふびん）に思い、女と寝たのだった。

業平は、それきり女のもとを訪れることはなかった。

女は、業平の家にゆき、そっとのぞきみた。

業平は女の気配を感じ、

百年（ももとせ）に一年（ひととせ）たらぬつくも髪（がみ）われを恋（こ）ふらし面影（おもかげ）に見ゆ

　百にたった一つ足らぬ年
　九十九歳にもなった白髪のひと
　わたくしを恋しているらしきひと
　まぼろしのように
　あなたの姿が
　ほらそこに見えるのです

と詠んだ。

業平は、女の家を訪ねてくれようとしているのではないか。

女は感じ、走って帰った。

みちみち、茨（いばら）やからたちの棘（とげ）にからまったけれど、女はひたすら走った。

帰りつくと、横たわって男を待った。
業平は、女がしたのと同様、こっそりと女をのぞきみた。
女は、ため息をつき、詠んでいた。

さむしろに衣片しき今宵もや恋しき人に逢はでのみ寝む

今宵も
むしろに衣の片袖をしき
ひとりで寝るのかしら
恋しいひとに
逢えないままに

なんと不憫な。
業平は思い、その夜ふたたび女と寝た。
思う女にならば優しい男も、思わない女には優しくなどすまい。
けれど業平は、そうではないのだ。
思う女にも、思わぬ女にも、ひとしく心をくだくのである。

六十四段

男がいた。

女と、文をかわしていた。

けれどそれだけのことで、ひめやかに逢って語りあうということを、したことがなかった。

いったい女は、どこに住んでいるのだろう。

男はうたがい、詠んだ。

吹く風にわが身をなさば玉すだれひま求めつつ入るべきものを
　わたくしが
吹く風にかわることができたなら
玉簾の隙をさがし求め
あなたのすぐそばへ
ゆくことができるでしょうに

女は、返した。

とりとめぬ風にはありとも玉すだれ誰がゆるさばかひま求むべき
風をつかまえることは
誰にもできません
もしもあなたが
風になったとしても
玉簾の隙をさがし求め
入りこむことなど
許されませんわ

六十五段

女がいた。
帝が思いをかけ、召し使っている女だった。

禁色（特別に身分の高い者だけに許される衣服の色）をさえ、女は許されていた。

女は、大御息所と呼ばれていたかたの、従姉妹だった。

御殿には、在原氏の少年がつかえていた。

少年と女は、親しくなっていった。

女房たちのところへは男が出入りしてはならなかったのだけれど、少年は年若いゆえ出入りを許されていたのだ。

少年は、しばしば女の目の前に座りこみ、うっとりと眺めいるのだった。

女は、

「やめてください、みっともない。こんなことをつづけていたら、あなたもあたくしも、今に身の破滅をむかえてしまいますことよ」

と、とがめた。

すると少年はこんなことを言う。

　　思ふには忍ぶることぞ負けにける逢ふにしかへばさもあらばあれ
　　　　我慢などできないよ
　　　　　思いが強すぎて

逢わずに生きるも地獄
逢って破滅するも地獄
ならば
あなたと逢う地獄をこそ
ぼくはえらぶよ

女が、帝のもとからさがって自室にもどるたびに、少年はやってきて座りこむ。

まわりが見とがめているのも、おかまいなしなのだ。

女は困りはて、里さがりをした。

少年は、かえって好都合とばかりに、女を訪ね通う。

ひとびとは、噂（うわさ）して笑った。

朝帰りをごまかすため、少年は御殿の奥に沓（くつ）を置いて宿直（とのい）していたように見せかける。

けれど、灯火や清掃をつかさどる役人たちは、少年のごまかしを見抜いていた。

少年は、しだいに青年へ、男へとそだちゆき、それでも女のもとへ通うことをやめられないのだった。

こんなけじめのないことでは、いけない。

ほんとうに、だめになってしまう。

男は思い、神仏に祈った。

「いったいどうしたらいいのか。どうかわたくしをお止めください、どうか」

けれど、思いはかえってつのるばかり。

わりなく恋しく男はみもだえる。

男はついに、陰陽師（おんようじ）と巫女（かんなぎ）をよんだ。

恋を止めるお祓（はら）いのための呪具をもち、穢（けが）れを流すために河原（かわら）へとむかった。

お祓いをしているうちに、いよいよ悲しみがつのる。

恋ごころもますますつのる。

男は、

　恋せじと御手洗川（みたらしがは）にせし禊（みそぎ）神はうけずもなりにけるかな

　　恋すまいと
　御手洗川に禊をおこなった
けれど

神は受けいれては
くださらなかった

と詠み、河原から逃げだしてしまった。

女をお召しになった帝は、うつくしく、信心もふかく、尊いお声で仏の御名をお唱えになる。

女は、帝のお声を聞くと、さめざめと泣けてくる。

「このようにすばらしい帝にお仕えせず、男の情につなぎとめられているあたくしの運命の、なんと薄命なこと」

帝は女のことを聞きおよび、男を流罪に処した。

女のほうは、大御息所の手により、実家の蔵に閉じこめられた。

女は、蔵の中で泣いた。

海人の刈る藻にすむ虫のわれからと音をこそ泣かめ世をば恨みじ

ワレカラは
海人の刈る藻にすむ虫

あたくしも
我みずから
この不幸を呼びよせました
声をあげ
泣きはしますけれど
あのひとと心通じられたことを
けして恨むことはありません

女は、そう詠んで、泣きつづけた。
夜ごと、男は流刑の地より、女のもとへやってくる。
それははたして、うつし身の男だったのだろうか。
男は、毎夜笛をふく。
歌をうたう。
たいそううつくしい声で。
女は蔵の内で聴く。
逢うことは、かなわない。

さりともと思ふらむこそ悲しけれあるにもあらぬ身を知らずして
いつか逢えると
あなたは思っているのね
あたくしは生きているのかしら
あなたは生きているのかしら
互いに知ることもできなくて
悲しみは果てなく

女は、蔵の中で詠む。
男のたましいはさまよい、女に逢えないまま、毎夜流刑の地に戻ってゆく。
男は、うたう。

いたづらに行(ゆ)きては来(き)ぬるものゆゑに見まくほしさにいざなはれつつ
逢いたくて
あなたのもとへさまよいでる

けれど逢えずに
またさまよいかえる
逢いたさは
ますますつのる
そしてわたくしは
さまよいつづける

清和天皇の御時のことである。

大御息所とは、染殿の后（藤原明子）のこと。あるいは、五条の后（藤原順子）ともいわれる。

六十六段

男がいた。
摂津（大阪と兵庫の一部）に、領地があった。
兄、弟、そして友人たちをつれ、難波（大阪市周辺）に行った。

渚を見れば、幾艘もの舟がつないである。

男は舟を見て、詠んだ。

難波津を今朝こそみつの浦ごとにこれやこの世をうみ渡る舟

今朝わたくしは
難波の渚をみている
この世を倦みながら
この舟で海をわたる
この世の生とは
そのようなものなのですね

しみじみとした歌に、ひとびとは感じ入り、帰っていった。

六十七段

男がいた。

親しい者たちと、そぞろ歩きをした。
二月には、和泉（大阪の南西部）へ行った。
生駒山が、河内のほうに見える。
曇っては晴れ、晴れては曇る。
まるで人が立ったり座ったりするように、雲がのぼりくだりする。
朝に曇り、昼に晴れる。
雪はましろに梢に降りかかる。
景色を見て、一人が詠んだ。

きのふけふ雲の立ち舞ひかくろふは花の林を憂しとなりけり

きのうも
きょうも
雲が立ち舞い
山を隠す
降る雪で
花のようになった林を

人に見せたくないからに
ちがいない

六十八段

男がいた。
和泉へと行った。
住吉（大阪、住吉神社のあたり）の郡、住吉の里、住吉の浜を、とおってゆく。
心はればれとする景である。
馬からおり、腰をおろして眺める。
また、馬に乗って、ゆく。
「『住吉の浜』を、歌に詠みこんでみよ」と言う人がいるので、

雁鳴きて菊の花さく秋はあれど春のうみべにすみよしの浜

雁が鳴き
菊が咲く

そんな秋の比類ない景色でも
飽きることはあるだろう
けれど
この住みよい
住吉の浜の
春の海に
倦み飽きることはあるまい

と、男は詠んだ。
見事なその詠みぶりに、ほかに詠みこみ歌をつくろうという者はいなかった。

六十九段

男がいた。
伊勢の国へ、狩りの使い（朝廷のために鳥獣を狩猟すべく諸国に派遣された勅使。諸国の政治情勢を視察する役もおっていた）につかわされた。

伊勢神宮につかえる斎宮の親が、

「この勅使を鄭重にもてなしなさい」

と斎宮に言いつけたものだから、親の言葉とて、斎宮は心をつくして男の世話をしたのだった。

朝には狩りのしたくをして送り出し、夕に戻ってくれば、すぐさま自分の御殿にむかえた。

ねんごろに、男の労をねぎらったのである。

二日めの夜のことである。

男が、

「どうしてもお逢いしたいのです」

と言う。

女もまた、逢うまいとは決められずにいた。

けれど、人目がある。

逢うことは容易ではない。

男は公の役職の者であるから、女の御殿の近くに泊まっていた。

女の閨も、近くある。

ひとびとが寝しずまってから、子の一刻（夜の十一時過ぎ）ごろに、女は男のもとへとむかった。

男は、ねむられぬままに、ぼんやりと外を見ながら、臥していた。

おぼろな月の光のなか、小さな女の童を先にたて、ひとが立っている。

おお、なんという。

来てくださったのだ。

男はすぐさま女を寝所につれて入った。

丑三つ（二時過ぎ）まで、二人は共にいた。

それでもまだ、語りあったことは少なすぎた。

女は、去っていった。

男の心はひきさかれるようだった。

ねむられず、夜明けをむかえた。

女の身分ゆえ人をやることもかなわず、男は煩悶した。

女からの使いはくるだろうか。

夜が明けきり、しばしののち、女よりの文がきた。

言葉はなく、歌だけが書いてあった。

君や来(こ)し我や行(ゆ)きけむ思ほえず夢かうつつか寝(ね)てかさめてか
あなたが訪れてきたのか
あたくしが訪ねたのか
それさえしかとはわからないのです
あれは
夢だったのですか
うつつだったのですか
寝ていたのですか
覚めていたのですか

男は、泣いた。
そして、詠んだ。

かきくらす心の闇(やみ)にまどひにき夢うつつとは今宵(こよひ)さだめよ
わたくしは今

自分の心の闇の中で
さまよっております
あれが
夢だったのか
うつつだったのか
どうか今宵
おたしかめを

女にこの歌をおくり、男は狩りに出た。

野を歩いても、心はうつろだった。

明日(あす)はもう、帰途につかなければならないのだ。

今宵だけでも、ひとびとが寝しずまってから逢いたかった。

ところが、伊勢の国の守(かみ)で、斎宮寮の長官でもある人が、男のために酒宴を開いたのだ。

その夜は、一晩じゅう酒盛りだった。

夜が明ければ、尾張(おわり)へと発(た)たなければならない。

男は、人知れず血の涙を流したけれど、二人きりで逢うことはかなわない。
しだいに夜が明けようとするころのこと。
女が、盃（さかずき）をさしだした。
盃の皿には、歌が書かれてあった。
男は、手にとった。

かち人の渡れど濡（ぬ）れぬえにしあれば

この川を
徒歩（かち）でわたっても
濡れはしないほどの
そんな浅い縁（えにし）でした……

そこまでで途切れていて、下の句は書かれていない。
男は、たいまつの消炭（けしずみ）を手にとった。
つづきを、書きついでゆく。

またあふ坂の関はこえなむ
いいえ
わたくしは
逢坂の関をはるばる越え
伊勢まで
逢いにきます
逢いにきます

男はそう詠んで、尾張へとむかった。

時は清和天皇のころ、斎宮は、文徳天皇の皇女であり、惟喬の親王の妹であった人である。

七十段

男がいた。
伊勢で狩りの使いの仕事を終え、尾張へ向かおうとしていた時のことである。

男は、大淀のわたり（斎宮寮から一里ほど離れた河口の渡し場）に泊まった。
そこへ、斎宮につかえる童女がつかわされてきた。
男は、童女に呼びかけた。

みるめかるかたやいづこぞ棹さして我に教へよ海人の釣舟

海松布を刈る場所は
逢えないあのかたのいる場所は
どこ
どうか教えてくれ
きみ

七十一段

男がいた。
伊勢の斎宮に、帝の使者として参じたときのこと。
斎宮の御殿につかえる女房が、色ごころあるもの言いをしてくる。

女房は、ひそかに、こう詠んできた。

ちはやぶる神の斎垣(いがき)も越えぬべし大宮人(おほみやびと)の見まくほしさに

この神聖な
斎宮の垣根をも
越えてしまいそうです
くもの上のひとである
あなたに逢(あ)いたくて

男は、詠んだ。

恋(こひ)しくは来ても見よかしちはやぶる神のいさむる道ならなくに

恋しいというのなら
おいで
神は
恋をとがめたり

なさらないよ

七十二段

男がいた。

伊勢の斎宮づきの女房に、ふたたび逢うことができないままに、隣の国へ行くこととなった。

男は、女を恨んだ。

すると、女は詠んだ。


大淀の松はつらくもあらなくにうらみてのみもかへる波かな

大淀の浦の松のように
あたくしはあなたを待っています
それなのに
あなたは浦によせる波をみているだけ
恨みばかりをつのらせて

七十三段

男がいた。
遠い女を思っていた。
生きていることだけはわかっているけれど、便りをすることさえかなわぬ女である。

目には見て手にはとられぬ月のうちの桂(かつら)のごとき君にぞありける
見えていても
手はとどかない
まるであなたは
月の中にはえるという
桂の木のよう

七十四段

男がいた。

女をひどく恨み、詠んだ。

岩根(いはね)ふみ重なる山にあらねども逢(あ)はぬ日おほく恋ひわたるかな

けわしく
かさなる山
あなたとのあいだに
そんなものはない
それなのに
逢えぬ日々
恋しいのに

七十五段

男がいた。

女に、

「伊勢に行って一緒に暮らそう」

と言った。

けれど、女は、

大淀（おほよど）の浜に生（お）ふてふみるからに心はなぎぬ語らはねども

あなたはまるで
大淀の浜にはえる
海松布（みるめ）のよう
みるだけで
心なごむわ
会ってかたりあう必要なんて

ないくらい

と、つれない。

男は、また詠んだ。

袖ぬれて海人の刈りほすわたつうみのみるをあふにてやまむとやする

海人は刈る
袖をぬらして
海松布を
わたくしは思って泣く
袖をぬらして
あなたを
逢ってはくださらぬのか

すると、女は詠んだ。

岩間（いはま）より生ふるみるめしつれなくは潮干（しほひ）潮満（しほみ）ちかひもありなむ
　岩の間に海松布ははえるだけ
　あたくしはあなたをみるだけ
　それをつれないことだと言うのなら
　潮は引き
　潮は満ち
　やがては
　貝があらわれるやもしれない
　それこそが
　あなたがあたくしを思ってくださる
　甲斐（かい）というもの

また男は、返した。

涙にぞぬれつつしぼる世の人のつらき心は袖のしづくか
　ひとのつれなさを

おうらみもうしあげます
涙にぬれた袖を
しぼっております

まったくまあ、容易には逢えない女なのであった。

七十六段

二条の后が、まだ東宮の御息所とよばれていた頃のことである。

氏神に参詣のおり、御息所は、お供のひとびとに禄物（たまわりもの）をあたえた。

御息所はまた、近衛府につかえていた年配の男にも、乗っているお車から、じかに禄物をあたえたのだった。

男は、歌を詠んで献上した。

大原や小塩の山も今日こそは神代のことも思ひ出づらめ

大原野の小塩山に

鎮座する神も
今日という今日こそは
遠い神代のむかしに
思いはせることだろう
あなたさまも
遠いむかしに
わたくしとのむかしに
思いはせてくださるだろうか

男もまた、昔日(せきじつ)に思いをはせたのだろうか。
彼の心を、誰が知ろうか。

七十七段

田村の帝(みかど)(文徳(もんとく)天皇)の女御(にょうご)、多賀幾子(たかきこ)という方が亡くなった時のことである。

安祥寺(あんじょうじ)で、法要をおこなった。

ひとびとは、捧げものをした。

たいそうたくさんの捧げものだった。

木の枝に結びつけ、お堂の前に立てたところは、さながら、お堂の前にあらわれた山のごとくだった。

法要の説法がおわるころ、右大将の藤原常行（亡くなった多賀幾子のきょうだい）が、歌を詠むひとびとを集め、今日の法要を題として、春の心ばえのある歌を詠んでお堂に奉らせた。

右の馬頭であった翁（業平のことといわれる）は、老いの目のためか、捧げものがほんとうの山だと見まちがえたまま、詠んだ。

　山のみなうつりて今日にあふことは春の別れをとふとなるべし
　　まるで釈迦が亡くなった時のごとく
　　山やまが
　　この法要へと
　　うつり動いてきた
　　山やまは

女御との
春のわかれを
弔っているのだ

今になって味わってみれば、たいした歌ではない。

当時は、まさった歌として、感じいられたのだ。

七十八段

多賀幾子という女御が亡くなった。

亡くなって、四十九日の法要を、安祥寺でおこなった。

右大将藤原常行が、法要に参列した。

その帰り道に、山科の禅師の親王（人康の親王とも高丘の親王ともいわれる）の邸に行った。

滝をつくり、水を走らせた、趣向をこらした邸だった。

右大将藤原常行は、

「幾年ものあいだ、よそながらおしたいもうしあげておりましたが、おそば近くには、いまだおつかえしたことがないわたくしです。今宵はおそばに控えさせてください」

と言った。

親王は喜び、夜の宴のしたくをさせた。

右大将は、親王の前から退出し、供の者たちとその夜の趣向を相談した。

「宮づかえのはじめだというのに、ただ何もせずにいていいものだろうか。以前、帝が父良相の三条の屋敷に行幸くださった時、紀伊の国の千里の浜にあった石を献上した人があった。けれど、献上は行幸がおわったのちだったのだ。そのまま、ある女房の部屋の前の溝のところに、石は置いてある。親王は、庭園に趣向をこらすおかた、ぜひともあの石を献上しようではないか」

右大将は言い、武官と舎人に石を取りにゆかせた。

ほどなく、彼らは石をもってきた。

かねて聞いていたよりも、石は、こうして実際に見てみたほうがすぐれている。

「これをただ、そのまま献上するのも、つまらない」

右大将はさらに言い、ひとびとに歌を詠ませた。

そして、右の馬頭だった人の詠んだ歌を、石の青い苔にきざみ、蒔絵模様のようにしるして、献上した。

あかねども岩（いは）にぞかふる色見えぬ心を見せむよしのなければ

おしたいもうしあげている気持ちを
岩に代えて
献上いたします
まだまだ足りませんが
心のうちを
あらわすすべは
ないのですから

七十九段

在原（ありわら）家に、親王（みこ）がうまれた。
産屋（うぶや）の祝いに、ひとびとは歌を詠んだ。
祖父がたの翁（おきな）（業平（なりひら）五十一歳）が詠んだ歌。

わが門（かど）に千（ち）ひろあるかげを植ゑつれば夏冬誰（たれ）か隠れざるべき
千尋（ちひろ）もの陰をつくる樹木が
わが一門に
植えられた
夏も冬も
われらこの陰に
まもられることだろう

これは、貞数（さだかず）の親王の誕生した時のこと。
親王は、業平の子だとうわさする者もあった。
けれど、親王は業平の兄中納言行平（ゆきひら）の娘がうんだ子である。

八十段

家運のおとろえた家があった。

三月のすえ、雨のそぼふる日、藤の枝を折り、使いの者に藤原氏へ献上させようと、家の者は、藤を植えた。
詠んだ。

濡れつつぞしひて折りつる年のうちに春はいく日もあらじと思へば
雨に濡れ
花の枝を折りとりました
今年も
春はあと
幾日もないのです

（前段とくらべ、落魄した印象の段だが、この歌を詠んだのは同時期の業平であるとされる。親王がうまれたとはいえ、在原氏は藤原氏にくらべ、衰運にあった。藤の花を献上した相手は、藤の花が象徴である藤原氏。さまざまな陰翳をふくんだ歌である）

八十一段

さる左大臣（源融だといわれる）がいた。

賀茂川のほとり、六条のあたりに、趣向をこらした邸をもっていた。

庭園は、陸奥の塩竈の景色を模してつくられ、難波から運んだ海水をおき、塩を焼く煙までをたちのぼらせていたという。

十月のすえごろのこと。

菊の花はさかりの色となり、かえでは色とりどりに紅葉していた。

左大臣は、親王たちを招き、宴をもよおした。

一晩じゅう飲みかわし、管絃を愉しんだ。

夜がしだいにあけてくるころ、ひとびとは邸の風情をたたえ、歌を詠んだ。

いあわせたおろかな翁（業平のことといわれる）は、板敷きの縁の下のあたりで、身を低くしていた。

みなが詠みおえると、翁は、

塩竈にいつか来にけむ朝なぎに釣する舟はここによらなむ
　ここは塩竈なのだろうか
　いつの間に
　遠い塩竈まで
　来てしまったのだろうか
　この朝凪の海に
　さあ釣舟も
　寄ってこい

と詠んだのだった。

陸奥の国には、たいそう興趣のふかい場所が多い。帝のおさめる六十余国の中にも、塩竈に似た場所はない。だからこそ、この翁は、左大臣の邸をほめたたえ、

「塩竈にいつ来てしまったのだろうか」

と詠んだのである。

八十二段

惟喬の親王の離宮が、山崎（京都と大阪の境）の先、水無瀬（大阪府三島郡）にあった。

毎年、桜の花のさかりになれば、親王は離宮をおとずれる。かならず、右の馬頭をつれて。

右の馬頭の名は、さても時がたったので、忘れてしまったが。

狩りはさほどせず、酒ばかりを酌み、歌をよく詠んだ。

すぐ近くにある交野（今の大阪府枚方市。水無瀬からは南の方角、皇室のための猟場として禁野とされた）は、狩りによいところであり、また桜のうつくしいところだった。

その渚にある邸の桜は、ことにうつくしかった。

親王は馬からおり、桜のもとに座った。

枝を折り、親王はそれを冠にかざった。

身分の上下なく、みなで歌を詠んだ。

右の馬頭は、こう詠んだ。

世の中に絶えて桜のなかりせば春の心はのどけからまし
　この世に
　桜がなければ
　春
　わたくしたちの心は
　どんなにか
　やすらかだったことでしょう

また違う人は、こんなふうに詠んだ。

散ればこそいとど桜はめでたけれ憂き世になにか久しかるべき
　花散るからこそ
　桜はさくら
　この憂き世に

永遠などない
この一瞬は
過ぎるからこそのもの

一行は、桜の木のもとを離れ、帰途についた。

日は暮れようとしていた。

すると、供の者が、しもべに酒をもたせ、野よりあらわれた。

この酒を飲む、どこかよいところを、一行はさがした。

そうするうちに、天の川（今の枚方市禁野（きんや））というところにたどりついた。

右の馬頭は、親王に酒をすすめた。

親王は、言った。

「交野で狩りをし、天の川のほとりまできた、という題で、歌を詠み、飲もうではないか」

右の馬頭は、詠んだ。


狩り暮らし棚機（たなばた）つ女（め）に宿（やど）からむ天（あま）の川原（かはら）にわれは来にけり

いちにち狩りをし
日は暮れました
織女に
宿を借りましょう
ここは
天の川です

親王は歌に感心し、繰り返し朗唱したが、そのあまり、返歌をつくれなかった。
そこで、供の紀有常（きのありつね）が、返した。

一年（ひととせ）にひとたび来（き）ます君（きみ）待てば宿かす人もあらじとぞ思ふ

織女は
一年のただ一度の
おとずれを待つひと
ここには
宿など

ありますまい

やがて親王一行は、水無瀬の離宮に帰りついた。
それからも夜更けまで飲み、話にうち興じた。
あるじである親王は、酔って寝所にはいろうとする。
十一日の月も、今にも山の端にかくれようとしている。
そこで、右の馬頭が詠んだ。

飽かなくにまだきも月の隠るるか山の端にげて入れずもあらなむ

このひとときを
ものがたる喜びのひとときを
うつくしい月のひとときを
酌み交わすうま酒のひとときを
まだまだ愉しみたりないのに
月よ
隠れてしまうのか

山の端が
逃げ去って
月の隠れどころが
なくなってしまえばいいものを

親王にかわって、紀有常が、返しを詠んだ。

おしなべて峰(みね)もたひらになりななむ山の端なくは月も入(い)らじを
すべての山よ
平らになってしまえ
そして
山の端よ
なくなってしまえ
そうすれば
月はもう隠れられまい

八十三段

惟喬の親王は、水無瀬の離宮にかよっていた。
いつものように、狩りの供として、馬頭の翁がつかえていた。
数日してから、親王はみやこの邸に帰ることとなった。
馬頭は、みおくってからすぐに立ち去ろうとしていた。
けれど、親王は馬頭を離さない。
酒や褒美をくだされようとする。
馬頭は、帰ろうと気がせいて、

枕とて草ひき結ぶこともせじ秋の夜とだに頼まれなくに

草をあんで
枕にし
旅寝をすることは
しますまい

今は晩春
夜は短くあけやすい
今がもし
秋だったなら
夜の長さをたのみにできたのですけれど

と詠んだ。

時は、三月（やよい）のすえ。

けれど結局ひきとめられた翁は、親王とともに夜あかしをした。

こんなふうに、馬頭は親王と親しんだのだった。

けれどおもいがけなくも、親王は髪をおろし出家してしまった。

正月（むつき）の挨拶にと、親王がひっそりと住まう小野（今の京都市左京区の修学院から大原のあたり）へ、馬頭は詣でた。

小野は、比叡山（ひえいざん）の西のふもとにある。

雪が、たいそう深くつもっている。

その雪をふみわけふみわけ、庵室（あんしつ）へとたどりついた。

親王は、一人ぽつねんとものさびしい様子でいらした。

馬頭は帰りがたくなり、ずっとおそばにとまり、そのむかしの華やかだったころのことやさまざまなおもいでを語りあった。

もう帰らずに、このままずっと親王のもとへとどまりたいと、馬頭はおもった。けれど、みやこでの公用が、馬頭にはある。

日は暮れようとしている。

忘れては夢かとぞ思ふ思ひきや雪ふみわけて君を見むとは

これはうつつなのでしょうか
それとも夢なのでしょうか
こんな雪深いところへ
あなたさまを訪ねることになろうとは

こう詠んで、馬頭は、泣く泣く帰っていったのだった。

八十四段

男がいた。
身分は低かったが、母は皇女だった。
母は、長岡（今の京都府向日市・長岡京市のあたり）に住んでいた。
男のほうは、みやこで宮廷につとめていた。
遠いので、母を繁く訪ねることができない。
男は、母にとってただ一人のこどもだったので、たいそうかわいがられた。
十二月ごろ、母からの急な便りがあった。
驚いてひらくと、歌が書きつけてあった。

老いぬればさらぬ別れのありといへばいよいよ見まくほしき君かな

あたくしは
老いました
もうすぐ

誰にもひとしくおとずれる別れが
くるかと思うと
いよいよあなたに
会いたいのです

男は、さめざめと泣いた。
そして、詠んだ。

世の中にさらぬ別れのなくもがな千代（ちよ）もと祈る人の子のため
誰にもひとしく
おとずれる別れ
そんなものが
なければいいのに
千年生きてほしいと
親に願う子のために

八十五段

男がいた。

幼いころより仕えていたあるじである親王が、髪をおろして出家した。

男は、正月には必ず出家した親王を訪ねた。

ふだんは、みやこの朝廷での勤めがあるので、正月にしか訪ねることができない。

それでも、むかし仕えていた心のまま慕いつづけていた。

男と共に、親王にむかし仕えていたひとびと——出家はしていないが仏に心よせる者も、寺で修行をつづける僧も、多く集まった。

正月だからと、親王は特別に御酒をふるまった。

雪は、こぼれてくるように降りつづけた。

ひとびとは酔った。

雪に降りこめられた、という題でみなで歌を詠んだ。

男は、こう詠んだ。

思へども身をしわけねば目離(めか)れせぬ雪のつもるぞわが心なる
あなたさまのことを
いつも思っておりますのに
この身を二つにわけて
ここに仕えることはできません
雪が降っています
たえまなく
そしてわたくしをここに閉じこめます
それこそが
わたくしの願うこと

親王は、たいそう深く感じ入った。
そして、みずからの召しものをぬぎ、男に与えたのだった。

八十六段

年若い男がいた。
おなじ年若い女と、情をかわしあっていた。
たがいにまだ親がかりだったので、遠慮して関係を絶ってしまった。
幾年かがたった。
男は、女へ歌をおくった。

今までに忘れぬ人は世にもあらじおのがさまざま年の経(へ)ぬれば

今も
むかしのことを
忘れずにいるひとなど
いるはずもないといいます
たがいに
ちがう人生をおくってきたわたくしたちは
どうなのでしょう

男は、むかしの思いをとげようと思ったのだろうか。

けれど、男と女は、やはりそれきりになったのだった。

今は、離れもせず思いもとげず、同じ宮づかえをしているということだ。

八十七段

男がいた。

摂津の国菟原の郡、蘆屋のさと（今の兵庫県芦屋市のあたり）に、領地を所有し、住んでいた。

むかしの歌に、

蘆の屋の灘の塩焼きいとまなみつげの小櫛もささず来にけり

蘆屋の灘の
塩焼きのいそがしいこと
黄楊の小櫛も
ささずに来るよ

とあるが、それはこのさと、蘆屋の灘のことなのである。

男は、かたちばかりの宮づかえをしていた。

男の兄は、衛府の長官だった。

男とその兄の縁をたより、衛府の佐（宮中警備などをおこなう次官）たちが、男の周囲に集まってくる。

男たちは、蘆屋の海のほとりの、そちこちをあそび歩いた。

「山の上にあるという、布引の滝を見にいってみよう」

という者があったので、のぼっていった。

壮観だった。

高さ六十メートル、幅十五メートルほどの岩壁を、滝がごうごうとましろに流れ落ちている。

あたかも、大岩を白絹が包みこんでいるがごとくである。

岩壁の上部には、ざぶとんほどの嵩にまるく突きだしているところがある。

その部分に走りかかる滝は、蜜柑や栗ほどの大きさの大きな白い玉となって、こぼれ落ちてくる。

男たちは、それぞれに歌を詠んだ。

まず、男の兄が、詠んだ。

わが世をば今日か明日かと待つかひの涙の滝といづれ高けむ

わが世の春は
今日くるのか
明日くるのか
待つかいもなく
涙が滝と流れる
この滝と涙の滝と
いったいどちらが高くより
落ちてくるのだろうか

次に、男が詠んだ。

ぬき乱る人こそあるらし白玉のまなくも散るか袖のせばきに

白い玉をつづっている糸を

抜いて散らすひとが
滝の上にはいるらしい
ほらこんなにもひっきりなしに
白玉が散ってくる
受けとめるわたくしの
袖はこんなにも狭いのに

みなは、笑った。
男の歌をもてはやし、自分たちはもう詠まずじまいになった。
帰り道は、遠かった。
日は暮れ、宮内省の長官だった故もちよし（誰だかは不明）の邸の前にさしかかった。
帰ろうとしている男の家の方を見ると、海人の漁火がたくさん見える。

晴るる夜の星か川べの蛍かもわが住むかたの海人のたく火か
あれは

晴れた夜空の星か
川辺の蛍か
それとも
わたくしの住むあたりの
海人のたく漁火か

そう詠んで、男は家に帰った。

その夜は、南風がふき、波はたいそう高かった。

翌朝には、男の家につかえる若い女たちが海辺に出て、浮海松が波にうちよせられたものを拾い、もちかえった。

家刀自（その家の主婦）は、海松を高坏にもって、柏の葉をおおいかぶせた。

そして、柏にこう書いた。


わたつみのかざしにさすといはふ藻も君がためにはをしまざりけり

海神さまの
冠飾りにするという

大事な藻さえ
あなたさまには
惜しまずくだされたのです

田舎びとの歌としては、さて、よしやあしや。

八十八段

もう若くはない友たちが、あのひと、このひとと、集まった。
みなで、月を眺めた。
中の一人が、詠んだ。

おほかたは月をもめでじこれぞこのつもれば人の老いとなるもの

もう
かんたんには
月を讃えまい

月がつもって
老いを呼ぶのだから

八十九段

身分ある男がいた。
みずからよりも、なお身分の高いひとに、思いをよせた。
幾年もがたった。

人知れず我恋ひ死なばあぢきなくいづれの神になき名おほせむ
秘めたこの恋に
こがれて
こがれて
死んでしまったなら
人知れず
死んでしまったなら

神の祟りで死んだと
うわさされましょう
いったいどの神が
罪もないのに
罪をきせられるのでしょう

九十段

男がいた。
つれない女を思いつづけてきた。
女のほうも、心うごかされたのだろうか、
「それならば、明日、簾越しに逢うことにいたしましょうか」
と言ったのだった。
男は、このうえなく嬉しく思った。
また同時に、信じられない思いでもあった。
咲きみちる桜の枝に、歌をつけて届けた。

桜花(さくらばな)今日(けふ)こそかくもにほふともあな頼みがた明日(あす)の夜(よ)のこと

今日
桜は
こんなにも咲き匂っている
けれど
明日
桜は
同じように咲き匂ってくれるだろうか

男は、信じられなかったのだ。
女の心が。

九十一段

男がいた。

思う女と逢えないことを嘆き、月日が過ぎてゆくことを嘆き、していた。
三月も末になろうということのこと。
男は、詠んだ。

をしめども春のかぎりの今日の日の夕暮れにさへなりにけるかな

惜しんでも
惜しんでも
今日はもう
春のおわり
そのうえ
日も暮れてしまうのだ

九十二段

男がいた。
恋しい女の家のあたりに、たびたびやってくる。

けれど、逢(あ)うことはできずに、帰ってゆく。
手紙を渡すことさえ、できずに。
その男が、詠んだ歌である。

蘆辺(あしべ)こぐ棚なし小舟(をぶね)いくそたび行(ゆ)きかへるらむ知る人もなみ

小舟が
蘆辺を
漕(こ)いでゆく
行ってはもどり
もどっては行き
はてがない
誰にも知ってもらえないまま

九十三段

男がいた。

みずからは低い身分だったが、たいそう高貴なひとに思いをよせていた。ほんの少しは、望みがあったのだろう。男は、寝ては思い、起きては思いした。思いにたえかね、男は詠んだ。

あふなあふな思ひはすべしなぞへなくたかきいやしき苦しかりけり

　恋するなら
分相応な恋をせよ
これほどまでの
分不相応な恋の
苦しさは
耐えがたさは
いかばかりか

身分不相応な恋の苦しみは、昔も今も同じなのである。

九十四段

男がいた。
なぜだか、通っていた女のもとへと行かなくなってしまった。
女には、そののち、ちがう男ができた。
女と元の男とは、子どもをもうけた仲だった。
そのため男は、愛を語るという内容ではないが、ときおり女に便りをよこした。
女は、絵を描くひとだった。
絵を、描いてほしい。
ある時、男はそう便りをよこした。
ちょうど女のもとには、今の男が来ていた。
一日、二日、女は男へ返事をださなかった。
男は、
「無理もないけれど、少しばかり、かなしいよ」
と言って、皮肉をこめた歌を詠んでよこした。

秋のころだった。

秋の夜(よ)は春日(はるひ)わするるものなれや霞(かすみ)に霧や千重(ちへ)まさるらむ

　秋の夜ともなれば
　過ぎた春の日のことは
　忘れてしまうのでしょうか
　春の霞よりも
　秋の霧のほうが
　千倍も
　まさっているのでしょうか

女は、返した。

千々(ちぢ)の秋ひとつの春にむかはめや紅葉(もみぢ)も花もともにこそ散れ

　千の秋をあつめても
　一つの春にはかないません

けれど
秋の紅葉も
春の桜も
いずれ散ってしまうもの
はかないもの

九十五段

男がいた。

二条の后に仕えていた。

同じく后に仕えている女としばしば会う機会があり、その女に求婚しつづけているのだった。

「簾越しにでも、どうにかして会いたいものだ。そして、いつもこのあやふやな関係を思いつめている胸のつかえを、すこしは晴ればれとさせたいものだ」

男は言った。

すると、女はごくごく用心深く人目をさけ、簾越しに会ってくれた。

あれこれ語らったのち、男は詠んだ。

彦星(ひこぼし)に恋(こひ)はまさりぬ天(あま)の川(がは)へだつる関(せき)をいまはやめてよ

一年に一度という
彦星の織女との逢瀬(おうせ)
けれど
わたくしの恋心のほうが
彦星よりもなお
まさっているのです
わたくしとあなたの間にある
天の川のような関を
どうか取りはらってはくださらないか

歌にほだされて、女は男とじかに逢ったのだった。

九十六段

男がいた。

長の年月、女をくどきつづけていた。

女の心も、石や木ではできていなかったので、男のことを不憫に思ったのだ。

少しずつ、女は男に心をひらいていった。

ころは、六月のなかば。

女は、男に言ってよこした。

「今は、あなただけを思っています。ただ、できものが、一つ二つ出てしまったのです。暑い時期でもあります。すこし秋風が立ちはじめたころになってから、必ず逢いましょう」

時はたち、じきに秋になろうというころになって、あちらこちらで噂がたった。

「あの女は、男のもとへ行こうとしているらしい」

噂が、けちを呼んだ。

女の兄が噂をききつけ、男に女を渡すまいと、突然むかえにきたのだ。

女は、紅葉したかえでを女房にひろわせ、歌を書きつけた。

秋かけていひしながらもあらなくに木の葉ふりしくえにこそありけれ

秋になったらと
約束したのでした
飽きたのでもないのに
木の葉が水に散りつもり
江（入江）が浅くなってしまうように
あなたとの
縁も浅かったのでしょうか

女はその書きおきを、

「あのひとが使者をよこしたなら、渡しておくれ」

と言って、去ったのだった。

その後、女がどうなったのかは、今日までわからない。

しあわせに暮らしたのか、ふしあわせになったのか、誰も知らない。

男のほうは、まじないの柏手をうち、呪っているということだ。

おそろしいことである。

人が誰かを呪うとき、それは果たして相手の身にふりかかってくるものかこないものか。

それも誰にもわからないが、男は、

「今に見ていろ」

と言っているそうである。

九十七段

堀河の大臣（藤原基経）が、はや四十歳になっての宴を、九条の邸で催した。

中将であった翁（業平をさすとみられる）が、詠んだ。

　桜花散り交ひ曇れ老いらくの来むといふなる道まがふがに

　　桜よ

　　散り乱れよ

あたりを曇らせよ
老いというもののくる道が
見えなくなるように

九十八段

太政大臣（藤原良房（よしふさ）をさすとみられる）に仕えている男がいた。九月ごろ、梅の造り枝に狩った雉（きじ）をつけ、献上した。

わが頼む君がためにと折（を）る花は時しもわかぬものにぞありける
　わたくしの主人のため
　折りとったこの梅の花は
　四季（しき）を越え
　つねに咲きほこっている
　主人と同じように

男がこう詠んだので、大臣は深く感じ入り、使者に褒美（ほうび）を与えたのだった。

九十九段

右近衛府（うこんえふ）の馬場で、騎射（きしゃ）がおこなわれた。

馬場のむこうがわにとめてある車の中に、女の顔がちらと見えた。

近衛府（このえふ）の中将（ちゅうじょう）である男は、詠んだ。

見ずもあらず見もせぬ人の恋（こひ）しくはあやなく今日（けふ）やながめ暮らさむ

見たというのでもなく
見なかったというのでもないひとよ
恋しいのです
今日はきっと
終日ものおもいにふけって
おわることでしょう

女は、返した。

知る知らぬ何かあやなくわきていはむ思ひのみこそしるべなりけれ

知るも
知らぬも
同じこと
あなたの思いの灯（ひ）だけが
あたくしへの
しるべとなるのです

そののち、男は女に逢（あ）い、女が誰だかを知ることとなる。

百段

男がいた。
高貴な女御（にょうご）の住む殿舎の間を歩いているときに、女御につかえる女房より、忘れ草をわたされた。

女房は、

「この草は、忍ぶ草でしょうか、忘れ草でしょうか。人目を忍ぶあまり、あなたはあたくしに逢(あ)いにこられないというのかしら、それともほんとうは、あたくしのことを忘れてしまったのかしら」

と言うのだった。

男は、詠んだ。

　忘れ草生(お)ふる野辺とは見るらめどこはしのぶなりのちも頼まむ

ここは
忘れ草のはえる野だと
人は言います
けれどこれは忍ぶ草
あなたが今もわたくしを偲(しの)んでくれるのなら
これからもまた
逢いたいのです

百一段

左兵衛府の長官である在原行平の邸には、いい酒があるという噂をきき、ひとびとが集まるのだった。

その日は、殿上への昇殿をゆるされている左中弁（太政官直属の官吏）である藤原良近が、宴の正客だった。

あるじの行平は、風雅をこのみ、瓶に花をいけさせていた。

花の中に、目をうばわんばかりの立派な藤の花がある。

なんと、花の房の長さは、三尺六寸（一メートル以上）。

みなは、その藤を題に歌を詠んだ。

詠みつくしたころ、あるじ行平のきょうだい（暗に業平をさす）が、客をもてなしていると聞いて、やってきた。

みなは、この男をつかまえ、歌を詠ませた。

歌の詠みかたなど知らないと、男は辞退した。

けれど、みなは無理に男に歌を詠ませたのだった。

こんな歌だった。

咲く花の下（した）にかくるる人を多（おほ）みありしにまさる藤（ふぢ）のかげかも

たくさんのひとが
花の下に隠れています
隠れるひとが
多くなればなるほど
ますます藤の陰は
大きくなりましょう

「どういう意味だ」

みなは、訊（き）いた。

すると、男は答えた。

「今の世の頂点、太政大臣をつとめるは、藤原氏。その藤原一門の栄華のさかりを思って、詠んだのですよ」

ひとびとは、黙った。

なぜなら、宴席には、藤原氏ゆかりの者と共に、藤原氏からは遠い者たちも同席していたからだ。
すぐにはわからなかった、歌の底にある複雑な陰翳を、みなは心の中でかみしめたのだった。

百二段

男がいた。
歌は詠まなかったが、男女の仲の機微は、じゅうぶんに心得ていた。
親族に、高貴な身分の女がおり、尼になった。
女は、世間を疎んじてみやこを離れ、はるか遠い山里に住むようになった。
すると、男は女へと、歌を詠んで贈ったのである。

そむくとて雲には乗らぬものなれど世の憂きことぞよそになるてふ

　世にそむいて
出家したとしても

仙人のように雲に乗ることは
できますまい
とはいえ
男と女とのあいだの
もつれ
かなしみ
にがみ
そこからは
遠ざかることができるとか

男がこの歌を贈った相手は、かつての斎宮(さいぐう)である（六十九段参照）。

百三段

男がいた。
誠実で、まじめで、うかれた心はつゆほども持っていなかった。

男は、深草の帝（仁明天皇）に仕えていた。
ところが、何をまちがえたのだろう、帝の息子である親王が寵愛していた女と、情をかわしてしまったのだ。

寝ぬる夜の夢をはかなみまどろめばいやはかなにもなりまさるかな

あなたと共に寝た夜が
夢のようにはかないのです
またその夢に戻ろうと
まどろんでみても
いよいよ
はかなさは
つのるばかり

男は、詠んだ。
なんと、みれんがましい歌であることよ。

百四段

尼になった女がいた。
なぜ出家したかは、わからない。
女は、尼であるにもかかわらず、賀茂の祭に心ひかれ、見物にでかけていった。
その尼に、男が歌を詠んだ。

世をうみのあまとし人を見るからにめくはせよとも頼まるるかな

世を倦んで
尼となったひとよ
海女が藻を食わせてくれるように
めくばせを
わたくしにしてくださいな

尼は、元の斎宮なのであった。

こんなことを言ってくる男がいたので、斎宮は見物をやめて、帰っていったという。

百五段

男がいた。

「このままでは、わたくしは、死んでしまいます」

と言ったので、女は、

白露（しらつゆ）は消（け）なば消（け）ななむ消（き）えずとて玉にぬくべき人もあらじを

白露よ
消えるなら
消えてしまえ
消えずにいたとしても
誰もおまえを
白玉として糸でつなげてなど
くれますまいよ

と詠んだ。
なんとつれない、と男は思った。
けれど、女への気持ちは、いっそうつのるのだった。

百六段

男がいた。
親王たちがそぞろ歩きをしているところへ参上し、龍田川のほとりで詠んだ。

ちはやぶる神代も聞かず龍田川からくれなゐに水くくるとは

はるか
神代の時代にも
聞いたことはありません
こんなにも
龍田川のおもてが

紅葉をうかべ
からくれないの色に
そまるとは

百七段

高貴な男がいた。

その男の邸にいる女に、内記（中務省の役人）である藤原敏行が、求婚した。

女はまだ若かったので、文もうまく書けないし、言葉もつたないし、ましてや歌を詠むことなどできないのだった。

そこで、男が女のかわりに、歌の下書きを書いてやり、その歌を敏行にとどけた。

敏行は、たいそう感じいった。

そして、こう詠んだ。

つれづれのながめにまさる涙川袖のみひちて逢ふよしもなし
まるで

長雨に水のふえた川のように
あなたを思うわたくしの涙は満ち
袖はぬれるばかり
それなのに
逢うことはできない

男は、ふたたび女にかわって、返した。

浅(あさ)みこそ袖はひつらめ涙川身さへながると聞かば頼まむ

袖がぬれるのは
川が浅いからではありませんか
もしも涙の川があふれ
その身までもが流されると聞いたなら
あなたの思いの深さも
信じられましょう

返歌を読み、敏行はさらに感じいった。

以来ずっと、今にいたるまで、文を巻いて文箱にしまってあるということだ。

敏行と女が情をかわしたのちに、また敏行は文をだした。

「あなたのところに行きたいのですが、雨が降りそうで心配です。もしわたくしが運にめぐまれているのでしたら、きっと雨は降らないことでしょう」

男は、また女にかわって歌を詠んでやった。


かずかずに思ひ思はず問ひがたみ身を知る雨は降りぞまされる

思ってくださるのか
くださらないのか
口にだして問うことはできないもの
けれど
今わかりました
雨ごときで
あなたは来られないのですね
あたくしの身のほどを知りました

ああ涙雨が
　降りしきっています

歌を読み、敏行は、蓑笠(みのかさ)を用意する間もあらばこそ、ぐっしょり濡(ぬ)れながら、あわてやってきたのだった。

百八段

女がいた。
恋人の薄情さをうらみ、

風吹けばとはに波こす岩(いは)なれやわが衣手(ころもで)のかはくときなき
　風がふくと
いつも波は岩を越え
岩はぬれてしまう
あたくしは

その岩のよう
いつも涙にぬれて
袖がかわく暇（いとま）がないのです

と、女が口ぐせに言っていたのを、男は自分のことを言われているのだと思った。
そして、返したのだった。

宵（よひ）ごとにかはづのあまた鳴く田には水こそまされ雨は降らねど

毎夜毎夜
蛙（かえる）の鳴く田では
雨が降らなくとも
蛙の涙で
水かさはふえるのです
わたくしも
蛙にまけず
毎夜毎夜

泣いておりますよ

百九段

男がいた。
大切なひとをなくした友へと、詠んだ。

花よりも人こそあだになりにけれいづれをさきに恋ひむとか見し
花のはかなさを
なげくはずだった
ああ
花よりも
人のはかなさの方を
なげくことになろうとは

百十段

男がいた。
ひそかにそのもとへと通っている女がいた。
女から、
「今宵、あなたが夢にあらわれました」
と、言ってきた。
男は詠んだ。

思ひあまり出でにし魂のあるならむ夜深く見えば魂結びせよ
思うあまり
わたくしの魂は
身から出ていったのでしょう
夜ふけ
またあなたのところへ

魂がゆきましたら
魂結びのまじないをし
あなたのもとに
とどめおいてください

百十一段

男がいた。
高貴な女へと、歌を詠んだ。
ちょうど、女のところの女房の一人が亡くなったところだったのだ。
それにかこつけ、女房を弔(とむら)うふりで、女自身へと詠んだのだった。

いにしへはありもやしけむいまぞ知るまだ見ぬ人を恋ふるものとは

見も知らぬかたを
恋い慕うこと
むかしのひとは

そんなこともしたという
けれど
今のわたくしが
同じことをしようとは

女は、返した。

下紐のしるしとするも解けなくに語るがごとは恋ひずぞあるべき
　下袴の紐が
知らずに解けたとき
それが
恋い慕われているしるしと
むかしから言います
あたくしの紐は
解けていません
だから

あなたの言葉は
そらごとにちがいないでしょう

すると、男はまた返した。

恋(こひ)しとはさらにも言はじ下紐の解けむを人はそれと知らなむ

言葉を信じてくださらないなら
もう何も言うまい
紐はいずれ
解けることでしょう
それこそが
わたくしの思い

百十二段

男がいた。

しみじみと契(ちぎ)り語らった仲の女が、ほかの男に心かたむけてしまった。
男は、詠んだ。

須磨(すま)のあまの塩焼く煙(けぶり)風をいたみ思はぬかたにたなびきにけり

須磨の海に
海人(あま)が塩を焼く
そのときたつ煙を
激しい風が
思わぬほうへと
はこんでゆく
あなたもまた

百十三段

男がいた。
女とわかれ、やもめ暮らしをしていた。

男は、詠んだ。

長からぬ命のほどに忘るるはいかに短き心なるらむ

わたくしを忘れたあなた
命はみじかいのに
あなたの真心は
もっとみじかい

百十四段

男がいた。

仁和の帝（光孝天皇）が、芹川（京都市伏見区鳥羽離宮跡の南側のあたりを流れていた。今は絶えている）に行幸した時、お供をした。

男は以前、大鷹の鷹飼だったのだが、今はもう若くない。役からも退いている。

けれど、帝は男をお供としたのだった。

男は、自分の着ていた模様摺りの狩衣のたもとに、歌を書きつけた。

翁さび人なとがめそ狩衣今日ばかりとぞ鶴も鳴くなる

年よりのひやみずと
お言いなさるな
模様摺りの華やかな狩衣も
今日かぎり
ほら
獲物となるだろう鶴も鳴いている
今日かぎりの命と

ところが、帝はこの歌を聞き、機嫌を悪くしてしまったという。男が自分のこととして詠んだのに、若くない帝は、「翁さび」をあてつけととってしまったのである。

百十五段

男と女がいた。

陸奥（みちのく）に、共に住んでいた。

男が、

「いよいよ、都へ帰るとしよう」

と言うと、女はひどく悲しんだ。

せめて餞別（せんべつ）を、と思い、おきのいてのみやこしま（今の所在地は不明）という所で、
酒をふるまい、歌を詠んでおくった。


おきのゐて身を焼くよりも悲しきはみやこしまべの別れなりけり

熾火（おきび）が我が身について
この身を焼くつらさよりも
あなたが都（みやこ）へ
あたくしがみやこしまのほとりへと

別れ別れになってしまうことのほうが
ずっと悲しいのです

百十六段

男がいた。
陸奥（みちのく）の国まであてもなくさまよっていった。
陸奥から、みやこへと、思うひとに歌をおくった。

波間より見ゆる小島（こじま）の浜びさし久しくなりぬ君にあひ見で
　波間から
　小島がみえる
　小島には
　家がある
　家のひさしが
　波間にみえる

あなたと逢わなくなって
なんと久しいことか

「旅に出て、かえってあなたのことを、思うようになったのですよ」
という意味なのだった。

百十七段

帝が、住吉に行幸した。
帝は、詠んだ。

われ見ても久しくなりぬ住吉の岸の姫松いく代経ぬらむ
わたくしがはじめて見てからも
長い年月がたったことである
住吉の岸の松は
いったいどれほど長くこの世にあるのか

まことに神々しいことである

すると、住吉の大御神（おおみかみ）が姿をあらわし、

むつましと君はしら波瑞垣（なみみづがき）の久しき世よりいはひそめてき

帝は
知るまい
わたくしはあなたに
ずっと心寄せてきたのだ
そしてあなたを
護（まも）ってきたのだ

百十八段

男がいた。
長いあいだ便りもせずにいた女のところへ、

「忘れてなどいませんよ。これからうかがいます」

と言ってきた。

女は、詠んだ。

玉かづらはふ木あまたになりぬれば絶えぬ心のうれしげもなし

玉かずら（蔓草）が
あまたの木々に這うように
あなたも
あまたの女とかかわる
あたくしとの仲が
絶えることはないと
あなたは言うけれど
ちっとも
嬉しくないのです

百十九段

女がいた。
浮気な男が、形見といって残していった品々を見て、詠んだ。

形見こそ今はあたなれこれなくは忘るる時もあらましものを
形見
それこそが
あたくしを
苦しめる
形見などなければ
あの人を
忘れられる時も
くるでしょうに

百二十段

男がいた。
好きになった女は、まだ男を知らないと思っていたのに、そうではなかった。
女は、さる高貴な男と、ひそかに情をかわしていたのだ。
そのことを知った男は、しばらくのちに、詠んだのだった。

近江(あふみ)なる筑摩(つくま)の祭(まつり)とくせなむつれなき人の鍋(なべ)の数見む

近江の筑摩の祭が
早くこないものか
わたくしにつれないあのひとが
どれほどの数の鍋をかぶるのか
見てやろうではないか

（筑摩神社の祭では、女が、それまで男とちぎった数だけの土鍋をかぶって参詣し、

その鍋を神に奉る風習があったという）

百二十一段

男がいた。
梅壺（凝華舎）。宮中の後宮の一つ。中庭に梅が植えられているところから、この名があった）から、女が雨にぬれて出てくるのを見て、詠んだ。

うぐひすの花を縫ふてふ笠もがな濡るめる人に着せてかへさむ

うぐいすが
花から花へ飛びまわるさまを
花笠を縫う、と言います
その笠を
わたくしも欲しいのです
濡れているあなたに
着せかけるために

すると、女は返した。

うぐひすの花を縫ふてふ笠はいな思ひをつけよ乾(ほ)してかへさむ

うぐいすの花笠は
いりませんわ
それよりも
あなたの「思ひ」の
「ひ」をつけて
濡れた着物を
その火で乾かします
それから
あなたにその「思ひ」を
お返ししますわ

百二十二段

男がいた。
女と、夫婦になる約束をしたのに、女は約束をたがえてしまった。
男は、女に詠んだ。

山城の井手の玉水手にむすびたのみしかひもなき世なりけり

山城の井手（今の京都府綴喜郡井手町）を流れる
玉川の水を
手飲んだのに（手にすくい飲んだのに）
あなたとの仲を
頼んだのに
そのかいもなかったことだよ

女は、返事もしなかった。

百二十三段

男がいた。
深草（今の京都市伏見区の北部）に住んでいた女のもとへ通っていた。けれど、だんだんに飽きてきたのだろう、こんな歌を詠んだ。

年を経て住みこし里を出でていなばいとど深草野とやなりなむ

長い年月通った
この深草のさとを
わたくしが
出ていってしまったなら
いよいよこの地は
草深い野となってしまうだろうか
その名のとおりに

女は、返した。

野とならば鶉となりて鳴きをらむかりにだにやは君は来ざらむ

この地が
野にかえってしまったなら
あたくしは
鶉に姿をかえて
鳴いていましょう
かりそめにでも
あなたは
鶉を狩りにいらっしゃるでしょう

女のこの歌を読み、男は女をいとおしく思った。
そして、女のもとからは立ち去らなかったのである。

百二十四段

男がいた。
思いのはてに、ふと、こんな歌を詠んだのだった。

思ふこと言はでぞただにやみぬべき我とひとしき人しなければ
心のうちに
思うことは多い
けれど
心のうちは
言わぬがいい
同じ心をもつ者など
この世には
いないのだから

百二十五段

男がいた。
病をえた。
もう自分は死ぬだろうと、男は思ったのだった。
男は、詠んだ。

つひにゆく道とはかねて聞きしかど昨日今日（きのふけふ）とは思はざりしを

いつかは
ゆく道と
知っていたが
それがまさか
昨日今日のことだとは
生きるとは
なんと
驚きにみちたことだったか

全集版あとがき

連なるもの

恋愛小説をいくつか書いてきて、するとかえって「恋愛とはいかなるもの」ということがわからなくなり、なんとなく伊勢物語の現代語訳を、ぱらぱらとめくってみたことが、この『伊勢物語』の現代語訳を自身でおこなうよりも以前にある。

学生時代に古典の授業くらいでしか読んだことのなかった伊勢物語について当時知っていたのは、「むかし、男ありけり」の「男」が、在原業平（ありわらのなりひら）をさすということくらいだったか。後に天皇の后（きさき）となる女がまだ独身の頃、その女と恋愛沙汰をおこしたことや、そのために東国におちていったことくらいは、うすぼんやり覚えていたかもしれない。モテ男の話だったよなあ、何か参考にならないかなあ、と思いながら読んでゆくと、学生時代に思っていたものとはずいぶん違うものなのだったと認識して驚き、引きこまれた。

引きこまれたのは、そこにある恋愛の逸話が、ごく短いにもかかわらず、恋愛の精髄を示したものだったからである。男がいて、女がいて、からだやこころの交わりがあって、好いて、飽きて、別れて、すがって、けれどかなわず、いや、時にはかない、そして……。

自分の書いた恋愛小説では、何百枚という原稿用紙を重ねて恋情やら何やらをあらわそうとしてきたけれど、伊勢物語の中では、数行の中に同じものがあらわされている。びっくりしたあとには、少しばかり気落ちした。数行で足りるんだ……。でも、どうして数行ぽっちに、これほどまでに恋愛のあれこれをこめることができるのだろう。

こんかい訳してみて、数行でも濃密な理由が、わかったような気がする。和歌なのである。現代の小説ばかりを読んできたので、現代語に訳された古典の文章の中に和歌があっても、つい流し読みしてしまっていた。意味だけをとってそれで過ぎていってしまうと、ほとんど何も記憶に残らない。和歌は、散文の部分を補充するくらいのものだという印象しか得ることができない。

ところが、自分が訳すために、掛詞(かけことば)をきちんと一つ一つ味わい、また言葉それ自体のもつ歴史的記憶をたどってゆくと、三十一音の中に、下手をすれば散文で原稿用紙二十枚ぶんくらい書かないとあらわせないくらいの情感の情報がつまっていることがわかるではないか。定型や韻律のすばらしさを、あらためて知る思いだった。

全部を訳し終えてもう一つ驚いたのは、恋愛の逸話が多いのだろうと予想しつつ訳してゆくと、恋愛の逸話ではないものもたくさんあったことだ。もちろん恋愛の逸話は、とてもいい。けれど、友情の逸話がまた、いいのだ。三十八段の、紀有常(きのありつね)との逸話など、大好きなものだ。有常を訪ねた「男」だったけれど、なかなか帰ってこない有常に、「男」は歌を詠むのである。「世の人たちは恋人を、こうやって待ちかねているのだね、ようやくわかったよ」と。「男」のとぼけた歌から、そのとぼけ加減さゆえに、有常への深い友愛がたちのぼってくる。

友情ばかりでなく、宮仕えの逸話も、いい。八十三段の、年を経た「男」であるとおぼしき「翁(おきな)」と、惟喬(これたか)の親王(みこ)の逸話など、思わず涙をさそうし、八十五段の、出家した親王と「男」とのやりとりもまた、泣かせる。

伊勢物語は、一人の作者が業平の境涯を書いたものではなく、おそらくもっと短かった原型の物語へ、幾多の付加が年月を経て繰り返しおこなわれ、今のかたちになったものと推定されている。「男」とあるのが、あきらかに業平らしき人物であると納得される場合もあれば、これは業平とは関係ない「男」なのでは、と疑われるものもある。それでも、全体を読むと、これはたしかに一人の「男」の人生なのだと、感じられる。

訳し終えて、私はこの「男」が大好きになった。よくぞ大昔の祖先たちは、この「男」を造形してくれたものだ。このような「男」を表現し得た祖先たちと、今のわたしたちが、長い時を経てたしかに連なってあることを、嬉しく思う。

参考文献

・『伊勢物語評解』 鈴木日出男 筑摩書房 二〇一三年

文庫版あとがき

種を蒔く

『伊勢物語』のこの現代語訳を二〇一五年いっぱいかけておこない、『池澤夏樹＝個人編集　日本文学全集』の03巻におさめていただいてから、八年ほどたつ。その間、そもそも古典文学に造詣がまったく深くない自分は、すっかり『伊勢物語』のことは忘れ、すぐさま現代の言葉、現代の価値観へと戻っていってしまうはずだった。

ところが、いくつかの理由から、わたしが『伊勢物語』を忘れ去ってしまうことはなく、縁が続くこととなったのである。ごく個人的な事情だが、せっかく文庫版にもあとがきを書く機会を与えていただいたので、ここに書いておきたく思う。

その理由の第一は、現代語訳を終えて二年後に、伊勢物語をモチーフとする作品を作ってみないか、というお誘いを受けたことである。それは、国文学研究資料館が主催したアーティスト・イン・レジデンスの企画であり、いくつかの分野の創作者たちが、資料館所蔵の資料を使ったり、所属している研究者の講義を受けたりしつつ、一つの作品を作りあげる、というものだった。ちなみに、この文庫の解題を書いてくださっている山本登朗先生も資料館に所属していらして、興味深くも愉快な講義を受け、大いに啓発されたものだった。その節は、ほんとうにありがとうございました、山本先生。

全集版の『伊勢物語』現代語訳のあとがきでは、わたしは最後に「訳し終えて、私はこの『男』が大好きになった」と、業平について書いている。ところが、二年後に国文学研究資料館とのコラボレーションとして、業平をモチーフにした『三度目の恋』という小説を書きはじめるや、その言葉はどうやらちょっとばかり間違っていたんじゃないか……と、わたしは思うようになるのである。その証拠に、書き上げた小説のあとがきには、こんな文章があるのだ。

いわく、「実は伊勢物語を訳しながら、どうにもすっきりしない感じを覚えていたのです。業平という男が、つかめなかった。……（中略）……女たちはなぜ、この業平という男にこれほどまでにとらわれるのだろう」。

……「大好き」になっていたはずなのに、どうだろう、この変節のしようは。モヤモヤしているだけでなく、女にモテすぎることにまだまだ文句を言いたそうだし、そもそも業平のことが、まだよくわかっていないではないか。どうしたのだ、自分、と、あとがきを書きながらつっこみを入れたりもしていたのだが、正直なところ、小説を書き上げても、業平についてのモヤモヤは、むしろ増えゆくばかりだったのである。

小説を書き上げたのは、二〇二〇年だった。現代語訳からさらに五年にわたって、業平とつきあっていたわけだ。小説を書き上げる数カ月前には、ポーランドのワルシャワ大学の日本語学科主催のシンポジウムで、「古典文学とアクセスする」という題の講演までおこなった。ともかく頭の中は、業平および源氏および江戸あたりの文学でいっぱいで（造詣が深くなったということはまったくなかったのだが、現代小説を読むより、新潮社や岩波の注釈つきの古典文庫を手に取ることの方が多かったのだ。もちろん注釈がないと、今でもまったく読めません……）、つまり『伊勢物語』から離れなかった第二の理由は、「わからない」からなのだった。

現代小説は、登場人物の心情を、こまやかに陰影深く説明する。視点人物がいれば、その人物の語りによって、また、三人称小説だったとしても、ただ登場人物たちの行動を描写するだけではなく、登場人物一人一人の心の中にまで分け入って、かれらの心情をまことにていねいに親切に描写してくれる。

ところが、江戸より以前の文学においては、「心情」の説明というものが、たいへんに少ないのだ。心中する男女が何を感じていたのか。どう考えてその境地に達したのか。というようなことは、ほとんど描かれず、ただかれらの行動の表面が、当時の風俗ばかりが、ことこまかに描写される。それはそれは、ハードボイルドな表現に依っている、ということができるだろう。

さらにさかのぼった『伊勢物語』になると、描写そのものが、少ない。男が女に文を出しました。男は東国に行きました。男は友たちと遊びました。男は歌を詠みました。そんなことが、そっけなく書いてあるばかりなのだから、そりゃあ、わかろうとしても、手がかりが少なすぎるのである。「わからない」のは、当然なのだった。

しかし、と思って、わたしは『三度目の恋』を書く際に、平安時代当時の社会通念、日常生活、男女の関係、貴族女性の一生、貴族男性の一生、宗教観などについて、さまざまに知ろうとしたのである。文化背景を学ぶことから、その文化に所属する人たちの心情を理解したく思ったからだ。それはなかなかによいアプローチのしかただった。貴族の女が出産する時に、穢れを寄せつけないために部屋も服も何もかも白くして分娩にのぞむ、などということを知るにつれ、不可解にもまた不自然にも感じられていた当時の男女関係や社会通念について、少しは理解できるような心地となっていったからだ。

けれど、そこにも限界はあった。たとえば生まれ育った国を出てことなる文化を持つ国に住み、その国の言葉を習得し文化になじんだとしても、自分がもともと持っている通念を越えてその国に心底なじむのが難しいことと、似ているかもしれない。突き放される、のだ。どこかで。

それでも、と、手がかりをさがしてゆくうちに、わたしはふたたび、和歌と出会うのである。

全集版のあとがきに、「三十一音の中に、下手をすれば散文で原稿用紙二十枚ぶんくらい書かないとあらわせないくらいの情感の情報がつまっている」と、わたしは書いている。二十枚ぶんも、自分が情報を読みとっていたかどうかは別として（多分に、見栄が入っていたような……）、たしかに、散文部分の少ない『伊勢物語』では、和歌の持つ情報量の割合は、高い。

けれどそれだけではなかった、ということに、このたび文庫版の校正をしながら、わたしは気がついたのだった。気がついた、などと言いたててみているが、それはごく自明のことであり、今まで気がつかなかった自分がまぬけすぎるわけなのだが、さて何に気がついたのかといえば、『伊勢物語』においては、和歌こそが、「心情」を本人に代わって語ることのできる唯一の器なのだ、ということである。散文の中にはまったく描かれていない、「男」の「女」の心情は、なんと、すぐそこにある和歌の中に、「ベタ」という言葉を使いたくなるくらい、あからさまに遠慮なく素直に、表されていたのである。あまりに「ベタ」すぎるのは、短歌という表現の定型性に因るものでもあるが、それでも、散文部分のそっけなさを補って余りある、「心情全開」部分が、和歌なのである。

最初に『伊勢物語』を現代語訳した時には、準拠する過去の歌があったり、掛詞があったり、という、和歌の意味を重層化するしかけを解明することにばかりとらわれていたけれど、ごく単純に、和歌とは、ハードボイルドな描写ばかりの古典物語文学の表現形態の中で、唯一登場人物たちの気持ちを載せ解放することのできる器だったのだ！　と、ようやく今になって気がついたのである。

『伊勢物語』は、歌物語である。平安時代に多くみられた物語の形式であるわけだが、現代小説の世界で歌物語を書こうとしても、なかなかに難しいだろう。けれど、と、現代小説を書いている身としては、つい考えてしまうのである。歌物語の中の和歌の存在にあたるような仕掛けを、現代の小説の中にほどこせないものだろうか、と。

たとえば、現代短歌と散文を並べた物語、という試みがあったとしても、成功することは困難に感じられる。それならば、歌物語の形式をそのまま踏襲するのではなく、ストイックに感情描写をおさえた部分と、反対に過剰なほど感情を載せてある部分を同時にふくむかたちの小説を書くことができたならどうだろうか、その場合、どのような形式・技法がいいのだろうか……と、今この原稿を書きながらも、連想はふくらんでゆく。

この文庫版の完成をもって、わたしと日本の古典文学の関係は今度こそほんとうに離れてゆくのかもしれないが、おそらく自分の中に蒔かれた古典文学の種は、このように休眠しつつ時おり小さく芽吹きつつ、そこに長く残されるに違いない。種を蒔いてくださった関係者の方々、そして本書をここまで読んでくださった読者の方々に、深く御礼申し上げたく思う。

解題

山本登朗（とくろう）

一　『伊勢物語』のなりたち

『伊勢物語』は、九〇五年に成立した『古今和歌集』との関係から、その一部がそれよりも早く九世紀後半に書かれていたことが知られるが、その後、少なくとも十世紀末までの、百年以上にわたる期間に、複数の人々によって新しい章段が付加されたり、既製の章段が書き直されたりして、長い時間をかけて現在の姿になったと考えられている。

主人公のモデルとされるのは、すぐれた歌人として知られている在原業平（ありわらのなりひら）（八二五〜八八〇）だが、この物語の最初の作者もおそらく業平自身で、自分で詠んだ和歌を使い、自分を主人公にして虚構の物語を創作した可能性が大きい。天才的な歌人だった彼はまた、「歌物語」と言われる新しい物語のスタイルを作り出した、優れた創作家でもあったと考えられるのである。

業平の父は、平城天皇の子の阿保親王、母は桓武天皇の娘の伊都内親王で、業平は天皇の血筋を引いていたが、平城天皇は退位後に弟の嵯峨天皇と争って敗れた敗者であり、業平の心には複雑な思いがあったことも考えられる。実際の彼の人柄を知ることはむつかしいが、当時の正式な歴史書『三代実録』には、業平の死去を記した記事の最後に、彼について次のような人物評が記されている。好意的な批評とはとても言えないが、『伊勢物語』の主人公のモデルで、おそらくはその最初の作者でもあったこの人物の自由な姿が目に浮かぶようである。

> 業平は姿や顔かたちが美しかったが、勝手気ままで遠慮がなく、きちんとした学問は身につけていなかったが、和歌はみごとだった。

当時重要とされていた儒教の学問を身につけていなかったと書かれている業平だが、彼が詠んだ和歌には、中国の新しい漢詩の表現、特に白居易の詩の表現や内容を取り入れたものが多く、彼が中国の詩を自在に読みこなしていたことが知られる。また、『伊勢物語』にも、中国で作られた「伝奇小説」と言われる物語文学の影響が多く見られる。海外の新鮮な作品から多くの刺激を受けて、業平の和歌や『伊勢物語』は、それまでの日本になかった、新しい世界を生み出したのである。

二　二条の后と在原業平

『伊勢物語』のヒロインのように言われ、業平との恋愛が語られる二条の后・藤原高子（八四二〜九一〇）は、清和天皇（八五〇〜八八〇、在位八五八〜八七六）の女御となって陽成天皇（八六八〜九四九、在位八七六〜八八四）を生み、その即位後は皇太后として幼い天皇を支えた。父の藤原長良が早く亡くなった後、兄の基経（八三六〜八九一）は有力者だった叔父良房の養子になり後継者となったが、高子は、その兄の意向によって入内させられたと考えられる。

入内以前の高子と業平が恋愛関係にあったことは、たとえば第三段や第五段の章段末尾の部分にはっきりと書かれているが、これらの部分は『伊勢物語』が書き続けられた長い期間の間に加えられた可能性が大きい。二人の恋愛が事実だったかどうか、確実なことを知ることはできない。ただし、陽成天皇が即位すると、二条の后によって業平は重んじられたと思われ、没する前年には、重要な官職である蔵人頭に任命された記録も残っている。

業平が没して四年後、二条の后と兄の基経の不和が深刻化し、政変によって陽成天皇は退位させられる。こうして高子が権力を失い、やがて死去してから、若き日の高子と業平との恋愛がさまざまに語られ、『伊勢物語』にも書き加えられるようになったと考えられる。

三　東下（あずまくだ）り

都に住むことがつらくなって東国に向かう主人公を描く「東下り」の章段、また東国でのできごとや、さらにその先の陸奥国（みちのくのくに）でのできごとを語る東国章段や陸奥（みちのく）章段。二条の后との恋愛の破綻がきっかけのようにも思えるが、はっきりとは語られないその理由。流罪でもなく出家でもない、いわば自由意志による都からの流離は、『伊勢物語』の重要な部分として、古くからさまざまに注目されてきた。しかもその旅には「友」も同伴していて、彼等は都から遠ざかりながら、いつも都を思う歌を詠んで涙を流す。現実の旅とはとても思えないが、辺境の描写やひなびた女性たちの姿とともに語られる、都人として異境にさすらう主人公の姿は、時にコミカルで不思議に魅力的である。

四　惟喬親王、友情

『伊勢物語』の主人公は、文徳天皇（八二七〜八五八、在位八五〇〜八五八）の第一皇子だった惟喬親王（八四四〜八九七）に親しく仕えていた。惟喬親王は聡明で父天皇にも愛されていたが、やがて有力者藤原良房の娘である女御明子が生んだ惟仁親王（後の清和天皇）が皇太子になり、惟喬親王が天皇になる可能性はなくなった。『伊勢物語』には、そんな惟喬親王から離れることなく利害を超えて仕え続ける主人公たちの、屈折した思いを共有する友情が、いくつかの章段（第八二段、第八三段等）に描かれている。中でも紀有常は、主人公のもっとも親しい友として、第一六段等にも登場する。実は有常は惟喬親王を生んだ紀静子の兄であり、『古今集』によればその娘は業平の妻だったが、そのような血縁関係は『伊勢物語』では隠され、業平と有常はただ「友」として語られる。このような友情は、中国の白居易の詩にも多く見られるもので、そこからの影響がうかがわれるが、『源氏物語』の「須磨」巻に受け継がれた後、日本の物語の世界からは姿を消してしまう。ここにも、他の物語に見られない、『伊勢物語』独特の世界が存在するのである。

五 斎宮、禁じられた恋

『伊勢物語』第六九段で、主人公は、鷹狩りをして宴会用の食料を調達する「狩りの使い」として伊勢国に行き、そこで、伊勢神宮の神に仕える皇女である斎宮と一夜をすごす。禁じられた恋を語るその大胆な内容は『伊勢物語』を代表する物語とされ、『伊勢物語』という名前の由来とも言われる。この話はもとより事実ではなく、中国の仙女譚や伝奇小説である『遊仙窟』『鶯鶯伝』をふまえて作られたものであることが早くから指摘されている。また、第六五段では、入内以前の高子ではなく、すでに帝に寵愛されている二条の后を思わせる女性が若い主人公の熱愛の対象となり、遂に主人公が流罪になるという物語が語られている。このような禁じられた男女関係は、それまでの伝説や説話の中では、強い批判を込めて語られるか、嘲笑や風刺の対象として否定的に述べられることが多かったが、『伊勢物語』では、語り手は主人公や相手の女性に寄り添うように物語を語り、その結果、読者も主人公たちの心情に共感しながら物語を読み進めることになる。第六五段は『源氏物語』の藤壺と光源氏の物語の原形ともされるが、社会的に許されない秘められた恋を共感的に語るという、その後の日本の物語文学に引き継がれてゆくテーマは、『伊勢物語』に始まると言うことができる。

六　虚構の展開、さまざまな世界へ

入内以前の高子と主人公の恋を語る章段の中でも、連れ出した女性が芥川(あくたがわ)のほとりで鬼に食われてしまうというショッキングな事件を語りながら、後半の部分で、それは実は宮中でのできごとを比喩的に言ったものだったと解釈してみせる第六段は、『伊勢物語』でももっともよく知られた章段のひとつだが、この後半の長い種明かしのような部分は、前に見た第三段や第五段の章段末尾の部分と違って、はじめから物語の方法として組み込まれていたと考えられる。歴史上の業平からかけ離れた物語が、このようにさまざまに語られ、この他にも『伊勢物語』の世界は多彩な展開を繰り広げることになる。

七　その後の『伊勢物語』

平安時代の末期、『伊勢物語』はすでに多くの伝説を生み出していた。「筒井づつ」で知られる第二三段の舞台は石上に近い櫟本で、主人公は毎夜そこから遥かに遠い河内の高安に通ったとされた。奈良盆地を横断するその通い路は、今も「業平道」と呼ばれている。

どこまでが史実でどこからが虚構か、そのあいまいさが『伊勢物語』の魅力だが、その謎を巡って、鎌倉時代にはすべてを種明かしするという秘伝的注釈書が生まれ、広く読まれた。そこでは業平は、人々に恋の道を教える神仏の化身とされる。その後、業平は深い情を持つ幽玄の体現者とされるなど、『伊勢物語』はそれぞれの時代に、さまざまに姿を変えながら、人々に愛され続けてきた。

川上弘美訳の『伊勢物語』では、どんな言葉で、どのような業平が語られているのだろうか。工夫に満ちた訳文でよみがえり躍動する主人公。特に和歌の翻訳は大胆で驚かされる。文庫版となったこの物語の魅力を、あらためて味わっていただきたい。

（国文学者）

本書は、二〇一六年一月に小社から刊行された『竹取物語／伊勢物語／堤中納言物語／土左日記／更級日記』（池澤夏樹＝個人編集 日本文学全集03）より、「伊勢物語」を収録しました。文庫化にあたり、一部修正し、書き下ろしのあとがきと解題を加えました。

伊勢物語（いせものがたり）

二〇二三年一〇月一〇日　初版印刷
二〇二三年一〇月二〇日　初版発行

訳　者　川上弘美（かわかみひろみ）
発行者　小野寺優
発行所　株式会社河出書房新社
〒一五一－〇〇五一
東京都渋谷区千駄ヶ谷二－三二－二
電話〇三－三四〇四－八六一一（編集）
〇三－三四〇四－一二〇一（営業）
https://www.kawade.co.jp/

ロゴ・表紙デザイン　粟津潔
本文フォーマット　佐々木暁
本文組版　KAWADE DTP WORKS
印刷・製本　大日本印刷株式会社

Printed in Japan　ISBN978-4-309-41999-2

河出文庫 古典新訳コレクション

古事記 池澤夏樹［訳］
百人一首 小池昌代［訳］
竹取物語 森見登美彦［訳］
伊勢物語 川上弘美［訳］
源氏物語1〜8 角田光代［訳］
堤中納言物語 中島京子［訳］
土左日記 堀江敏幸［訳］
枕草子1・2 酒井順子［訳］
更級日記 江國香織［訳］
平家物語1〜4 古川日出男［訳］
日本霊異記・発心集 伊藤比呂美［訳］
宇治拾遺物語 町田康［訳］
方丈記・徒然草 高橋源一郎・内田樹［訳］
能・狂言 岡田利規［訳］
好色一代男 島田雅彦［訳］
雨月物語 円城塔［訳］
通言総籬 いとうせいこう［訳］
春色梅児誉美 島本理生［訳］
曾根崎心中 いとうせいこう［訳］
女殺油地獄 桜庭一樹［訳］
菅原伝授手習鑑 三浦しをん［訳］
義経千本桜 いしいしんじ［訳］
仮名手本忠臣蔵 松井今朝子［訳］
松尾芭蕉 おくのほそ道 松浦寿輝［選・訳］
与謝蕪村 辻原登［選］
小林一茶 長谷川櫂［選］
近現代詩 池澤夏樹［選］
近現代短歌 穂村弘［選］
近現代俳句 小澤實［選］

＊以後続巻
＊内容は変更する場合もあります

現代語訳　古事記

福永武彦〔訳〕　40699-2

日本人なら誰もが知っている古典中の古典「古事記」を、実際に読んだ読者は少ない。名訳としても名高く、もっとも分かりやすい現代語訳として親しまれてきた名著をさらに読みやすい形で文庫化した決定版。

現代語訳　日本書紀

福永武彦〔訳〕　40764-7

日本人なら誰もが知っている「古事記」と「日本書紀」。好評の『古事記』に続いて待望の文庫化。最も分かりやすい現代語訳として親しまれてきた福永武彦訳の名著。『古事記』と比較しながら読む楽しみ。

現代語訳　竹取物語

川端康成〔訳〕　41261-0

光る竹から生まれた美しきかぐや姫をめぐり、五人のやんごとない貴公子たちが恋の駆け引きを繰り広げる。日本最古の物語をノーベル賞作家による美しい現代語訳で。川端自身による解説も併録。

現代語訳　義経記

高木卓〔訳〕　40727-2

源義経の生涯を描いた室町時代の軍記物語を、独文学者にして芥川賞を辞退した作家・高木卓の名訳で読む。武人の義経ではなく、落武者として平泉で落命する判官説話が軸になった特異な作品。

現代語訳　歎異抄

親鸞　野間宏〔訳〕　40808-8

悩める者や罪深き者を救う念仏とは何か、他力本願の根本思想とは何か。浄土真宗の開祖である親鸞の著名な法話「歎異抄」と、手紙をまとめた「末燈鈔」を併録。野間宏の名訳で読む分かりやすい現代語の名著。

絵本　徒然草　上

橋本治　40747-0

『桃尻語訳　枕草子』で古典の現代語訳の全く新しい地平を切り拓いた著者が、中世古典の定番『徒然草』に挑む。名づけて「退屈ノート」。訳文に加えて傑作な註を付し、鬼才田中靖夫の絵を添えた新古典絵巻。

絵本　徒然草　下

橋本治　40748-7

人生を語りつくしてさらに“その先”を見通す、兼好の現代性。さまざまな話柄のなかに人生の真実と知恵をたたきこんだ変人兼好の精髄を、分かり易い現代文訳と精密な註・解説で明らかにする。

桃尻語訳　枕草子　上

橋本治　40531-5

むずかしいといわれている古典を、古くさい衣を脱がせて、現代の若者言葉で表現した驚異の名訳ベストセラー。全部わかるこの感動！　詳細目次と全巻の用語索引をつけて、学校のサブテキストにも最適。

桃尻語訳　枕草子　中

橋本治　40532-2

驚異の名訳ベストセラー、その中巻は——第八十三段「カッコいいもの。本場の錦。飾り太刀。」から第百八十六段「宮仕え女（キャリアウーマン）のとこに来たりなんかする男が、そこでさ……」まで。

桃尻語訳　枕草子　下

橋本治　40533-9

驚異の名訳ベストセラー、その下巻は——第百八十七段「風は——」から第二九八段「『本当なの？　もうすぐ都から下るの？』って言った男に対して」まで。「本編あとがき」「別ヴァージョン」併録。

現代語訳 南総里見八犬伝　上

曲亭馬琴　白井喬二〔現代語訳〕　40709-8

わが国の伝奇小説中の「白眉」と称される江戸読本の代表作を、やはり伝奇小説家として名高い白井喬二が最も読みやすい名訳で忠実に再現した名著。長大な原文でしか入手できない名作を読める上下巻。

現代語訳 南総里見八犬伝　下

曲亭馬琴　白井喬二〔現代語訳〕　40710-4

全九集九十八巻、百六冊に及び、二十八年をかけて完成された日本文学史上稀に見る長篇にして、わが国最大の伝奇小説を、白井喬二が雄渾華麗な和漢混淆の原文を生かしつつ分かりやすくまとめた名抄訳。